ぼくときみの半径にだけ届く魔法

七月隆文

幻冬舎文庫

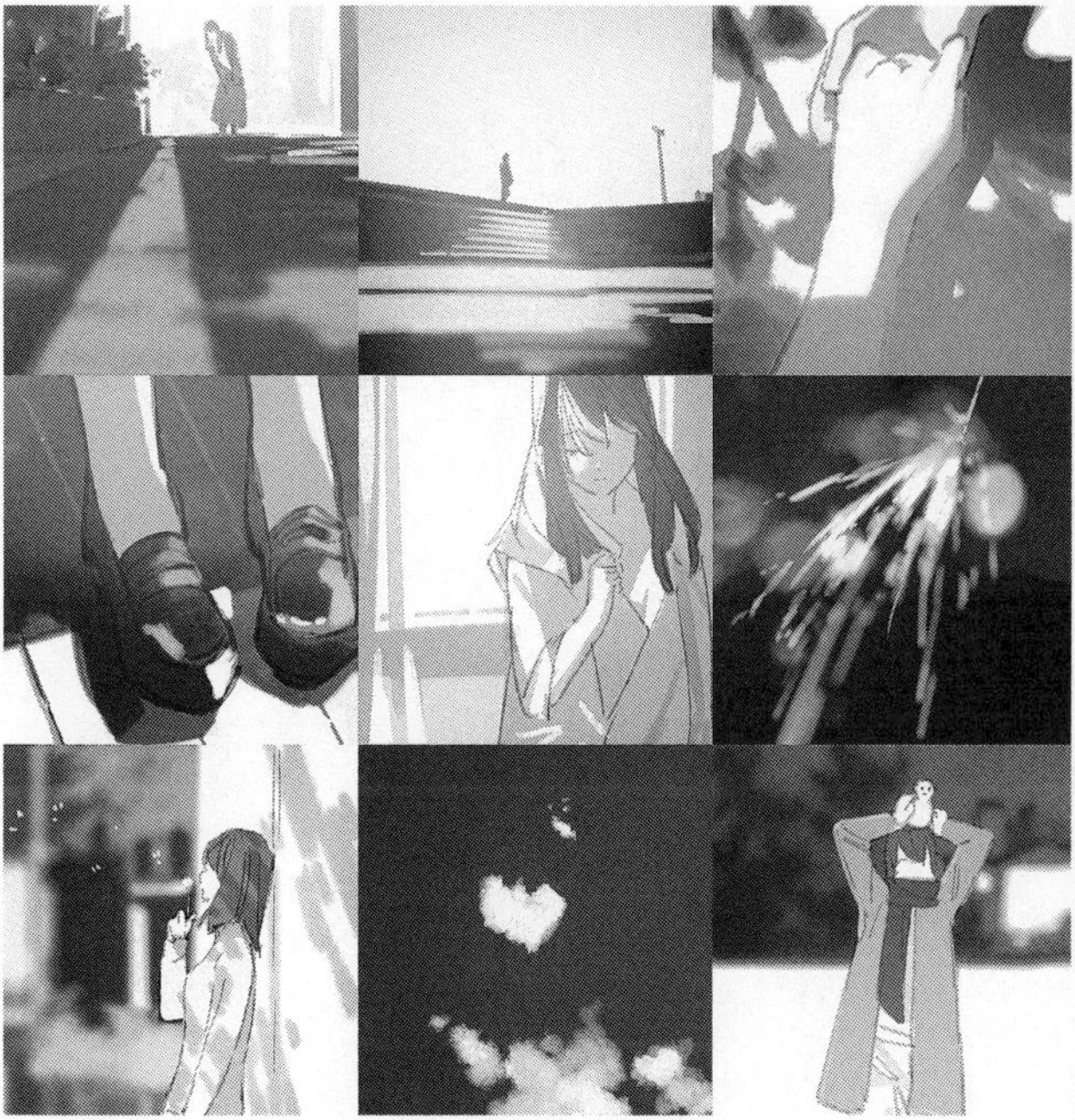

写真展

愛の挨拶

須和仁

6.16(Friday)–7.2(Sunday)　10:00–21:00

会場 渋谷ルフレ8F アートホール　入場料 500円※小学生以下無料

陽（はる）。

冬の木洩れ陽のような、きみの名前だ。

自分は醜いとかなしげに言い、人にできるだけ笑みを見せようとがんばって口の端を窪ませる。

ぼくを濡らさないため、差しかける傘の角度を懸命に模索する。

茶碗蒸しと、お笑いが好き。

ここには、そんなきみの記録がある。

ぼくたちの涙が溶け合い、夜の雲からあたたかく降り注いだ日のことも。

雪の中で一緒に花火をした日のことも。

挨拶みたいに愛を伝えたあの日の奇跡のことだって。

みんな、ここに残っている。

Contents

本文デザイン　bookwall
本文イラスト　loundraw（FLAT STUDIO）

1. 彼女の出会い

1

初めて訪れた高級住宅街は、やっぱり違う。

まず、道がおそろしくまっすぐだ。

東京のど真ん中で、幅広いアスファルトが見たことのない長さで一直線に伸び、両わきには風格の漂う家々が整然と並んでいる。それはかなりの非日常を感じさせる風景だった。

ぼくは専門学校時代から愛用しているカメラ、キヤノン7Dを構え、絞り（F値）を調整してシャッターを切っていく。

遠くまで貫かれた道路の遠近感（パース）、
広い庭を持つ日本邸宅、
アフリカのどこかの国の大使館。

洒落た静けさに足が浮くような居心地の悪さを感じつつ、撮ったものを液晶で確認する。

うん、いくつか使えそうだ。

達成感にうなずき、さらに進んでいくと——

ひときわ大きな豪邸が見えた。

正確にはそれを囲う外塀。細いレンガの土台と宮殿のような黒い鉄柵、緑の生け垣。この住宅街の中でも、格の違いを感じる豪邸だった。

外塀の向こうに見える家の二階部分に、印象的な大きな窓がある。

枠の形、ライン一本に設計者のセンスが感じられた。その一本の差が驚くほど正確に値段に反映されるのがデザインの世界だ。あれも相応の額がかかっているだろう。

ぼくは立ち止まり、あの窓を主題にいい構図で撮れる場所を探す。

——ここだ。

ファインダーを覗きながらシャッターを切ろうとした直前——閉じていた窓のカーテンが動いた。

閉じた隙間に指がかかる。白くて細い女性の指。それが左に滑っていき、カーテンが開いていく。とっさにズームした。

まず目に飛び込んできたのは、溢（こぼ）れるような長い黒髪。

それから華奢な曲線を描く顎《あご》。ふわりとそよ風みたいに持ち上がり、彼女の貌《かお》が薄曇りの光にあたる。

ぼくは自分の上瞼《まぶた》がぴくりと上がったのを感じた。

お姫様。

窓から外を眺める彼女の姿に、その単語が素直に浮かぶ。月明かりを受ける、白い雪割草。

自分の指がほぼ自動的にカメラのF値を設定し、シャッターボタンを押す。

カタッ
という駆動音で、我に返った。

なんだろう。

何万回と聞いてきたはずのその音が、まったく違う響き方をした。それがなんであるのかわからないまま皮膚の内側を澄んだ冷たさが駆け抜け、ぶるりと震えた。

カメラを構えたまま、茫然と立ちつくす。

そのとき彼女がなにげなく視線を移し——ぼくの姿に気づいた。

レンズ越しに目が合う。

どうやらまだ状況がわかっていない。「なんだろう？」という無垢さを帯びた瞳が、光をまぶした印象できらめいている。

ぼくは帽子を取る作法に似た気持ちでカメラを下ろす。レンズから肉眼になり、彼女の姿が遠くになった。

瞬間、わかったのだろう。彼女が後ろに下がり、さっとカーテンを閉じた。

申し訳ない気持ちになりながらも、すぐ確かめずにはいられなかった。

いま撮った写真を。

言い知れない、けれどはっきりとした予感と期待があった。息することも忘れて、液晶を見た。

体の中に激しいストロボが飛んだ衝撃。

完璧。

モデル（主題）、背景（副題）、構図、光線、カメラの設定。すべてが奇跡のようにかみ合っていた。

たとえばシャッターのタイミングがコンマ秒でもずれていたら彼女の動作は変わっていたし、光だって、今日が薄曇りでなければ。春で、日本で、この瞬間、この場所でなければ——その光を彼女に照り返すレフ板代わりになった白いカーテンが違う色なら、白でも違う白だったら……この陰影にはならなかった。

完璧だった。

「…………」

寸と息を吸い、ぼくは家の入口をみつけ、そこに向かって早足で歩きだす。

黒い鉄柵の門。

正面で立ち止まったとき、かすかな風が吹いて道路に散り敷かれた桜の花びらが滑っていく。

建物のくぼんだ奥に、花や観葉植物の鉢で飾られた重厚な木の扉があった。

——なんの仕事をしてる人なんだろう。

どうやったらこの一等地にこんな家を建てられるのだろうか。

門の威圧感に怯みそうになったけど、ぼくはそれ以上の意思と勢いでインターホンを鳴らした。

『はい』

待ち構えていたような早さ。低く上品な男性の声。

「あの」

　自分の声がかすれたのがわかって、つい顔をしかめる。

「すいません、私、写真家の須和仁という者なんですが……」

　写真家と名乗るときはいつも苦い気持ちになる。たしかにそうなのだけど、プロカメラマンという肩書きは実は誰にだって名乗ることができる。ぼくみたいになんの実績もなく、ひとつも仕事を取れていない底辺でも。

『……写真家の方？』

「はい。撮った写真の公開許可を頂きたくて」

　モデルに許可を得るのは、カメラマンとして必要な手続きだった。

「今、外で偶然こちらのお嬢さんを——お嬢さんが窓に立ったところを撮って、それがすごくいい写真なんです」

　いい写真、と言う声に自然と熱が乗った。

「だからそれをぼくのＳＮＳに載せたり、コンクールに応募する作品にしたり、ポートフォリオ……作品の見本帳ってことなんですけど、そういうのに使わせて頂きたいんです。その許可を、お願いしたくて」

　少しの沈黙があった。

『須和様』

「はい」

『そのお写真を拝見することは可能でしょうか？』

「あ――はい」

『では、そちらにまいりますので少々お待ちください』

インターホンが切れた気配。

意識にじわじわと陽差しが肌に当たる感触とまわりの空気の揺らぎが戻ってくる。

木の扉から鍵が外れる音。そして、開いた。

出てきたのは、初老の男性だった。

グレーの髪を短く整え、伸びた背筋に品がある。ワイシャツと落ち着いた色のベストとスラックス。一流のホテルマン、昔なら執事――そんな印象だった。

「初めまして。私、江藤と申します。この家で働かせて頂いている者です」

――使用人。

「は、初めまして」

会ったことのない人種に、ついかたくなってしまう。

「不躾ですが、撮ったお写真を拝見できますか？」

「ええ、はい」

画像を呼び出し、カメラを渡した。

「ありがとうございます」

丁寧に受け取り、慣れない手つきで液晶を覗く。

ぼくはふいに喉の渇きを感じながら、その様子をみつめた。

いつだって最初に人に見せるときは緊張する。人にどう評価されるかで、自分の気持ちも変わるからだ。自分でいいと思っていたものも、人によくないと言われると、とたんに色あせたように感じてしまう。そういうものだからだ。

どうだ。これは、どうなんだ。

写真を見た彼の目が、はっきりと瞠（みは）られた。最高の感触。

――よし！

心の中で叫ぶ。血がぐるぐると加速する。やっぱりそれは、奇跡の一枚だ。

彼は短く息を吐いたあと、こちらを見てきた。

「少しお預かりしてもよろしいでしょうか？　本人に見せてまいります」

カメラが見えない場所に行くことに少しの不安は覚えたが、うなずいた。けっしておかしなことはしない人だと思えたからだ。

彼が中に戻ったあと、ぼくは建物の二階を仰ぐ。あの写真を、あの子が見る。それを想像して足がむずがゆくなり、重心を何度も変えた。

許可は出るだろうか。もし出なかったらどうしよう。だってあれは、絶対いけるんだ。

門の前で待つぼくの背後を宅配のトラックが過ぎた。どこかの家からウグイスの鳴き声がする。

扉が開いて、江藤さんが出てきた。

カメラを持っていない。いやな予感がして、それを質そうとしたとき、

「お嬢様がお会いになりたいそうです」

……え？

彼の表情は平静なようでいて、それが想定外の事態なのだということを隠しきれていなかった。彼がこんなふうになることは、たぶんかなり珍しいんじゃないかという気がした。

2

靴を脱ぐ土間(たたき)の広さが、部屋ぐらいあった。

正面の壁には、現代アーティストのものらしき鮮やかで幾何学的な絵画が重厚な額縁に入って飾られている。

玄関にいるだけで、建物全体の広さと堅牢さが伝わってきた。

「どうぞ。お履き物はそのままで」

ぎこちなく靴を脱いで上がり、後について廊下を歩く。

開放的なリビングが目に入った。雑誌の写真みたいに空間が抜けていて、高級そうな調度品が塵ひとつない清潔感で佇んでいる。圧倒されつつ、少し気になったのは……

生活のにおいが、まるで感じられない。

平べったい螺旋(らせん)階段を上っていくと、二階の廊下に出た。白いカーテン越しの陽光に空間がやわらかく浮かんでいる。

あの窓だ。

ここがさっき、彼女がいた場所だ。

江藤さんがその少し奥にあるドアの前で立ち止まり、恭しく声をかける。

「陽様。お連れいたしました」

はる、というのが彼女の名前らしい。

ドアの向こうから返事はない。でも彼は、ぼくには聞こえない何かを拾ったふうにノブに手をかけ、ドアを引いた。

同時に自分の体も引いて、ぼくに先に入るよう促す姿勢になる。

「…………」

少し躊躇ったあと、前に進む。心臓が肋骨の裏で存在を主張しはじめる。つい面接みたいに目を伏せてドアをくぐり、顔を——上げた。

白に包まれた。

壁や天井すべてが真白で、そこに綺麗な風景写真や動画がプロジェクターで淡く映し出されている。まるで光に透かせたステンドグラスを思わせる幻想的な色彩だった。

仕事柄そういう要素に真っ先に目を奪われつつ、視界はきちんと、奥にあるそれを捉えている。

白いベッド。

重ねた枕に上体をもたれさせながら、彼女がぼくを迎えていた。

雪に咲く花、というのは変わらない印象。歳はぼくより少し下——二〇歳くらいだろうか。女性、と表すにはまだ少し幼さが残っている。

「はじめまして」

その声はあたたかな雪、という矛盾した質感がした。

「幸村(ゆきむら)陽と申します」

丁寧にお辞儀して微笑むと、持ち上がった頬から顎(あご)にかけてつるりと滑らかな曲線が現れ、彼女が自然と授かっただろう、みんなに好感を抱かれそうな顔になった。

ぼくは少し見とれながら、日常からかけ離れたこの景色にぼぅっとなってしまっている。

「あの」

呼びかけられ、我に返った。

彼女が両手でそれを持ち上げたとき、ぼくはそこにある自分のカメラの存在にやっと気づいた。

「お写真、拝見しました」

心臓が鳴る。

ここにいる目的を思い出す。そう、彼女があの写真を見たんだ。

次の言葉を、待つ。

すると彼女は一瞬、何かをこらえるように眉間と唇に力を込め、それから宗教画のような微笑みともつかない穏やかな顔をした。

「外からの自分を見るのって、久しぶりです」

言ってから、羽織ったカーディガンの襟を直す。

彼女の言葉に引っかかりを覚え、考えようとすると、

「須和さんはプロの写真家なんですよね。すごいです」

向けてくる目には、純粋な尊敬の光があった。

「……いえ」

眩しさに暗い部分を照らされ、ぼくは苦笑いを浮かべる。

「プロの写真家って実は誰にでも名乗れて。全然たいしたことないんです。ぼくなんか仕事一つもなくてまったく食えてないんですけど、それでも言えちゃうんですよ」

本当は出さなくていいところまでどろりと溢れてしまい、それが部屋の空気を濁らせたのを感じた。

「——大丈夫ですよ、江藤さん」

彼女がぼくの後ろを見て言う。

振り向くと、ドアのわきに控える江藤さんが、ずっと緊張の面持ちでこちらを見ていたことに気づいた。

彼女の言葉に、畏まったふうに頭を下げる。

なんだろう。

このやりとりの意味が、ぼくにはつかめない。

「須和さん」

彼女が呼びかけてくる。

「このお写真を公開する許可、というふうに伺っていますが」

「あ――はい」

気を取り直し、説明する。

「作品として使わせて頂きたいんです。コンクールに出すとか、ポートフォリオに使うとか、ＳＮＳに上げるとか」

「……ポートフォリオ、というのはなんですか？」

「作品の見本帳です。『こういうの撮ってますよ』って、ファイルにしたもの。それを出版社の人とかに見せて、仕事をもらったりするんです」

「なるほど……」

迷っているふうだった。

「人目にふれますが、それでトラブルっていうのは、ぼくは聞いたことがないです」

言葉を重ねる。この写真はなんとしても使わせてもらいたかった。

「全部じゃなくて、コンクールだけとか、どれかだけの許可でいいので。……お願いします」

「あ、頭を上げてください、どうか」

上げると、困惑に曇る表情があった。けれどぼくの視線を察したとたん、唇の端を窪ませるように持ち上げ、微笑み未満のものを作る。

その意識というか、人に対する表情の仕草が心に焼きついた。

彼女がもう一度写真を見る。考えている沈黙。

ぼくは改めて、広い部屋を見渡す。

何か特別な事情がある。

それが何かははっきりしないけど、間違いないだろう。だからこそ彼女はこんなにも迷うんだ。

続く沈黙の長さで、悲観的な予想がよぎりだしたとき、

「……ポートフォリオだけなら」

彼女が言って、まなざしを向けてきた。

「それだけなら、いいです」

ぼくはすっと息を吸う。

コンクールに出せないのは正直残念だけど、それよりも差し迫っているのは仕事を取ることだ。そういう綾を胸の内に広げ、

「よかった」

と口に出した。

すると彼女はふっと目を瞠り、胸に右手のひらを当てる。瞬きを二度して、笑んだ。

ぼくたちの間に、何か心が通い合ったようないい間合いが訪れた。

「あの、他の写真を見てもよろしいですか？」

「ええ」

彼女はカメラの操作パネルを見て、すぐ戸惑いを浮かべる。

「そこのダイヤルを回すんです」

「ダイヤル？」

「ええと、丸いギザギザになってるところ。それを左に」

そのとおりにした彼女が、あっと目を見開く。

そこに収められているのは、この住宅街や周辺を歩きながら撮ったものだ。

なのに、彼女のまなざしの色が妙に深くなったのはどうしてだろう。

「あ、この桜」

どれ？　と聞く前に彼女が先回りしてぼくに見せてくる。

この家から近い十字路にあった桜の木だ。枝がだいぶ剪定されて痛々しい姿になっていたけど、それでも花を咲かせているのがけなげだった。

「植えてる場所とか形が面白いと思って」

ぼくの言葉にへぇぇ、と感じ入る。くすぐったい。それから彼女はぼくの発言が終わったのか確認するような丁寧な間を置いて、また写真に視線を戻す。

「もう葉桜なんですね」

「ええ。この木はちょっと早いかもです。別の場所ではここまで葉っぱになってなかったです」

「懐かしい」

つぶやき、ダイヤルを回した。そのフレーズに引っかかりを覚えたとき、

「この公園」

また見せてくる。

「……それも面白いと思って」

子供向けの広場に小さい信号機とか横断歩道が置かれ、教習所のコースを小さくしたような造りになっていた。

「私も小さい頃、遊んだことがあります。妹とキックボードで競走したりして」

ああ、森田（もりた）さんのお家。

ここの通りも懐かしい。

そう写真を見ていく彼女の色合いに、ぼくはひとつの予感を強めていた。

だって、そこに写っているのは本当にこの家の近くのものなのに、彼女の表情は遠くの故郷に何年かぶりに帰ってきたときのような、そんなふうだったから。

そして彼女は、最後まで見終えた。

部屋に沈黙が降りる。白い壁に映された風景の幻に囲まれながら、彼女がそっと口を開く。

「須和さん。私、病気で外に出られないんです」

ぼくはとっさに反応できない。聞きたいことがたくさん浮かんだけど、ずけずけと踏み込めない。

「あっ」

そのとき、彼女が大事なことを思い出したふうに体を起こした。

「ずっと立ったままですよね、すみません」

何か座るものを、と見回したあと、掛け布団をめくり、ベッドから降りようとする。

「椅子をお持ちします」

ぼくが止めようとしたのと同時に、

「陽様、ただいま持って来させます」

江藤さんがスマホで誰かと連絡を取る。

「すみません、気づかなくて……」

彼女が申し訳なさそうにうつむき、自分の手にあるカメラに気づいて、あ、とあわてた顔になる。

「あの、ありがとうございました」

カメラを掲げ、返す意思を示してくる。江藤さんが速やかに歩み寄って、主からカメラを引き取った。

「お写真、素敵でした」

「いえ……」

やりとりしている間にカメラを受け取る。しっくり手になじんだ。

彼女はぼくと目が合うと逸らして、口許だけで微笑みを作る。そわそわとした気配があった。この状況に緊張しているのだろう。気の細やかな子なんだなと思った。

「……それじゃ、ぼくはこのへんで」

そろそろ、おいとましよう。

「許可、ありがとうございました。これほんとにいい写真だと思うんで、撮れて嬉しいです」

お辞儀する直前、彼女の何かを言おうとする唇が垣間見えた。そのまま部屋のドアに向かおうとしたとき、

「——あの」

呼び止められた。

振り向くと、彼女はぴくりとこわばって、開いた口にじわじわ力を込めていき、

「写真を撮ってきて頂けませんか」

「え?」

「また、外の写真を撮ってきて頂けませんか」

彼女のまなざしには切実さが宿っている。

ぼくは、はっとなつた。

壁にあるたくさんの風景写真。ネットの画像検索だったり、どこかの写真集からのデータだったりするんだろう。実際、見覚えがあるものもあった。

「須和さんのお写真にはここにあるものにはない、その、質感というか、そういうものがありました」

それはきっと、生っぽさだろう。

たとえばカッチリ整ったテレビ番組より、個人配信の方が手触りがあっていい。そういう感覚。

「須和さんの目を通した世界を、もっと見せて頂けませんか」

詳しい事情はわからないけれど、病気で外に出れない彼女のために写真を撮ってくる。それを断る理由はないと思った。

ぼくが応えようとしたとき、彼女がふいに両手で顔を覆う。

「私、恥ずかしいこと言いましたね」

なんだろう。

「……世界って……」

ああ。

彼女の耳が、はっきりわかるほど赤くなっていく。

「――大丈夫です、江藤さん」

また彼女が言った。振り向くと、江藤さんは承知したふうに動かない。このやりとりはなんなんだろう。

まあ、それはともかく。

「……わかりました」

ぼくは応えた。

「写真、撮ってきます」

すると彼女は覆っていた手を下ろし、みつめてくる。

そして、微笑(わら)った。

部屋の光線が変わって空間が鮮やかに持ち上がったような、そんな感覚がした。

彼女は、あ、とあわてたふうに、

「もちろんお礼はお支払いします」

つい苦笑する。深窓の令嬢という風貌と小動物みたいな振る舞いのギャップが、おかしかった。

こうしてぼくは、彼女のために写真を撮ることになった。

範囲を指定してマスク、トーンカーブで色味を調整。

3

夜、ぼくはアパートの部屋で撮った写真の加工をしていた。

『いま世の中に出回っている写真で、加工していないものは一つもありません』

専門学校のレタッチの授業で最初に言われたことが印象に残っている。

写真のデータをパソコンに取り込み、フォトショップとかの編集ソフトで修正したり、色や影を変える。ぼかす、消す、付け加える。実際に授業でその便利さに圧倒され、それが今の標準なんだと納得させられた。

でも、この写真は。

ディスプレイに表示された、彼女の写真。

ヒストリー機能を使い、加工前の状態に戻してみた。

――やっぱり。

このままの方がいい気がする。

デジタルがない頃の写真家は、レタッチができないから撮影は一発勝負で命懸けだったと年配の先生が言っていた。

そういうものが、撮れたんじゃないか。

座椅子に座りながら、ディスプレイに向き合っている。ふつふつと湧き上がるものを感じながら、印刷ボタンをクリックした。

プリンターが写真を細切れに出力していくのを眺めていたとき、スマホが鳴る。

表示された名前に、胃がく、とわずかに締まった。

『加瀬（かせ）』

専門学校時代の同級生、いつもつるんでいたグループの一人だった。

「……もしもし？」

『うぃーっす！　元気かー？』

抜けのいい声が、スピーカーから六畳間に洩れる。

「久しぶりだな。……どうした？」

自分の声のぎこちなさに奥歯を嚙む。最後に話したのは一昨年だったろうか。

『もしかして寝てた？』

「いや、そういうわけじゃ」

かつては感じなかった緊張。

加瀬はぜんぜん変わらない。でもその声に勢いがあるというか余裕を感じるのは、ぼくの主観だろうか。

『同窓会やることになったから、来いよ』

「え？」

『オレが幹事で。花木(はなき)も来るっつってる』

「……花木も」

『久しぶりに三人で話そうぜ！　な？』

——行きたくない。

「わかった。いつ？」

でも、それを言うのはいやだった。

日取りを聞いたあと、加瀬がなにげない調子で、

『ところでお前、今どこに住んでんの？』

「日吉のままだよ」

『おー、あの部屋！　めっちゃ懐かしいなあ。今度、久しぶりに行かせてくれよ』

「……いいけど」

『よっしゃ！　じゃあとりあえず同窓会の件はよろしく！　じゃあな！』

通話が切れた。暴風が過ぎたような余韻が残る。

ぼくはスマホを下ろし、自分の部屋を振り返る。

築二〇年、軽量鉄骨、１Ｋアパートの風景。

渋谷から東横線で二〇分の日吉駅。そこから歩いて五分の場所にあるここは、通っていた専門学校に近くて、はりきって下宿したところ。

かつては、ぼくと加瀬と花木、三人の溜まり場だった。

あの万年床になっている布団をどけて、よく飲んでいた。写真の話はほとんどせず、ゲームをやったり鍋作ったりして、今となってはまるで思い出せないようなどうでもいいことを朝まで話していた。

でも。

加瀬は、趣味のダイビングが高じ「カメラマンになったらタダで潜れそうだから」という理由で勤めていた会社を辞めて入学してきた変わり種で、そのアクティブさを活かして今は広告業界でバリバリ稼いでいる。

花木は、在学中に新人の登竜門といわれる二つのコンクールをダブル受賞した天才で、近所の子供をシリーズで撮った写真集がヒット。女子を中心に、今や世間で最も有名な若手写真家の一人になった。

そして、ぼくだけが今もここにいる。

学校を卒業して、ただ四年、歳を取った。

部屋から目を逸らし、またディスプレイに向き直る。

そこに映る彼女の写真を、再びレタッチしていく。

「……っ」

倒れるように、座椅子の背にもたれかかった。

「くそっ！」

気持ちが、口から爆(は)ぜた。

見慣れた天井の木目。輪っかの蛍光灯。

さまよわせた視界の隅に、印刷を終えた写真が入る。

指先でつまみ、手元に寄せた。

じっと見る。
写真をキーボードの脇に置き、それからヒストリーでまた画像を元に戻した。
緩いため息が、深夜のアパートの壁に染みていく。

4

「歩いて」

戸根(とね)さんがカメラを構えつつ、二人並んだ(組みの)モデルに指示する。

「はいせーの、トーントーントーーーン」

横断歩道を渡るモデルを、戸根さんが後ろ歩きしながら撮っていく。まるで格闘家のように上体がまったくぶれない。

「車、曲がりまーす」

ぼくは交差点を左折してくる乗用車の存在をしらせ、歩道に引き返していく戸根さんたちを庇う位置取りをしつつ、ドライバーにぺこりと頭を下げる。

バイト中だった。

学生時代から続けている個人スタジオのバイト。仕事は撮影機材の出し入れや掃除、ロケのときは歩行者の見張りとか。まあ雑用全般だ。

「風びゅんびゅん入れて」

アシスタントがハンディタイプの送風機を両手で抱え、モデルに風を当てる。そして車が過ぎたあと、何度か同じように横断歩道を往復した。

「ちょっと見ます」

戸根さんが台に置いたノートパソコンで撮ったものをチェックする。色をきちんと見るため黒いシェードで囲ってあるので、そこに頭を突っ込む形になる。新人バイトのなつきちゃんが折りたたみのレフをかざして戸根さんの日よけをした。

モデル二人にも、ロケバスの人がすぐ大きな日傘を差し掛けた。

原宿にあるスタジオから近い、神宮前三丁目の交差点。

早朝ながら車や歩行者がすでに行き交う中、ロケのスペースはほわりと現実から半分浮かんだような空間に映る。

モデルたちが、戸根さんの後ろから画面をのぞきこむ。やっぱり自分の写りが気になるんだろう。ほぼ全員があある。

その後ろにはクライアントである雑誌の編集さん、ハムスターに似てるなじみのヘアメイクさん、ぼくも合わせて一〇人が歩道の隅にへばりついていた。

「一〇〇〇円のトップスには見えないねー」

画面から目を離したモデルが雑談をしている。彼女たちが着ているのはファストファッションで固めたコーデ。最近はこういう特集が増えた。

そういうものにぼんやり目を移しているふりをしつつ、ぼくは彼女をみつめる。

なつきちゃん。

先月入ってきた彼女が、真剣な顔で戸根さんの日よけを続けている。

少し癖のある明るく染めた髪。小さい猫にメガネをかけさせたような雰囲気の子だった。

と、なつきちゃんがぼくの視線に気づく。あわててごまかそうとしたとき、彼女がにこりと笑って小さく手を振ってくる。

ぼくの胸が弾むようなしあわせに満たされた。

「オッケー。はいロケ終わりー」

戸根さんの宣言と同時に、ぼくたちバイトとアシスタントは素早く撤収に取りかかる。ぼくは大きいバッグを二つ肩にかけ、スタジオに向け緩い坂道を下り始めた。

手ぶらのなつきちゃんが居心地悪そうに歩いている。ここは「自分で仕事をみつけること」が方針で、いつもやることの取り合いになる。

結果、ぼくみたいに長くいる人間ほど多く荷物を持つし、逆にどう動けばいいのかわからない新人は出遅れ、手ぶらになる。ぼくも最初はそうだったけど、あれはなかなかつらい。

「なつきちゃん、これ持つ？」

「え」

気を遣われたとわかった彼女が遠慮しようとする。

「この重い方、なつきちゃんにはきついと思うけど、だから持ってよ」

「ひどくないですか！」

いじられたリアクションをするなつきちゃんが、すごくかわいい。

こういう会話をしているうち、彼女を好きになってしまっていた。

予定よりだいぶ早く撮影が終わり、次までの隙間の時間ができた。

昼飯は食べれるときに食べないといけない。ぼくはコンビニのサンドイッチを手早く平らげ、

「戸根さん」

スタジオのラウンジスペースでスマホをいじっていた戸根さんに声をかけた。

「ブック、見て頂けませんか？」

ブックというのはポートフォリオの別の言い方だ。

「ん」

戸根さんはスマホを置き、太い腕を伸ばしてぼくからポートフォリオを受け取る。

開く動作を見守りながら、ぼくは緊張した。

これまで見てもらったことは何度かあるけど、今回は特に緊張する。なぜなら、最後のページにあの写真を入れてるからだ。

広告の第一線でずっとやってきた戸根さんがあれを見てなんと言うのか。期待と、それを砕かれる恐怖があった。

最初の数ページを開いてすぐ、戸根さんの眉間に皺が寄る。ただでさえ速いめくるスピードがさらに上がる。よくないサインだ。胸がチクリとする。

でも最後のページ。まだ最後のページがある……。

けれど——

「……ん～」

半分くらいのところで、戸根さんの手が止まった。染めた髪をがりがりと掻き、ぼくを見てくる。

「お前さ、何が好きなの？」

「え」

「答えられねえだろ」

ブックの端をつつく。

「何回見ても、それがぜんぜん伝わってこねーんだよ」

「…………」

思ってなかったパンチを食らい、脳が止まる。

好きなもの――でもファイルしている写真はぼくがあちこちに行って、いいと思ったものをたくさん撮って、さらにその中から厳選している。なのに。

なのに、言い返せないのはどうしてだろう。

沈黙するぼくから目を逸らし、戸根さんはアイコスを吸う。焦げたにおいが一瞬、立ちこめる。

「お前、作家志望なんだろ？」

「……はい」

深海で息を吐くみたいに、細く答えた。

向いてないんじゃないか？　暗にそう言われているのがわかったからだ。

「作家、食えねえぞ。それだけで食ってるのは数えるほどしかいない。花木はそういうほんの一握りだからな」

ぼくはうつむいたまま、奥歯を噛む。

ラウンジに流れるゆったりとした洋楽が頭の中にやたらと響く。

「花木に聞いたらどうだ」

戸根さんが言う。

「あいつの方が最近のことわかってるだろうし、お互い話しやすいだろ」

ぼくは言葉が返せない。

「あいつ元気か？」

「……たぶん。最近、あんま連絡してないんで」

「せっかく友達（ダチ）に売れっ子作家がいるんだから――」

戸根さんのスマホが着信に震える。

「あーどもども、お世話になってます。——いえいえ」

なじみのクライアントらしい。すぐ話し込むモードに入る。

空気を読まなくてはいけない。

ぼくは途中まで開かれたポートフォリオを引き取り、一礼してラウンジを出た。

花木は今、作家業だけで食える日本でも数人しかいない写真家の一人だ。あいつの写真には、見ると口許が緩むような独特の温かみがあり、万人に好かれる作風だと納得できる。特に人物の撮影に強い。ぼくが今助言を請うのにあいつ以上の人間はいないかもしれない。

でも——。

低いタラップを下り、撮影スペース（ホリゾント）を抜け、用具置きを兼ねたスタッフの待機場所へ。

「ジンさん！」

なつきちゃんが目を輝かせながら詰め寄ってきた。

「な、何？」

「ジンさんって、花木良祐（りょうすけ）と友達なんですか!?」

浮き上がっていた気持ちが、すっと平らになった。

「まだ聞いてなかったっけ」

「ここで働いてたっていうのは聞きましたけど、ジンさんが友達は初耳です！」

かつて花木と加瀬も、ここでバイトしていた。それはこのスタジオのちょっとした伝説になっていて、戸根さんもよくクライアントに話している。

なつきちゃんにぼくのことが伝わってないのは話した人が気を遣ったのか、話すほどのことではないと思ったのか。

「わたし大ファンなんです！　あの、会うことってできませんか？　無理めですか？？」

なつきちゃんのテンションはこれまで見たことのないもので、本当に好きなんだっていうことが熱として伝わってきた。その温度がぼくの心をねじ曲げようとしてくるのを、かろうじてこらえる。そんなみっともないことできない。

「今度聞いてみるよ」

「ほんとですか!?　やったーっ！」

無邪気にバンザイし、そのままぼくの肩をばしばし叩いてくる。

二年生の夏休み、花木と加瀬とぼくの三人でバイトを始めた。

そして、ここでもぼくは一人置いていかれている。

かっこ悪くてすぐに辞めたかったけど、まわりにその気持ちを悟られたくないという意地を引きずって今に至っていた。

花木に作品のアドバイスを請うという選択肢は、わかる。

でも——プライドが許さなかった。

あいつの容赦のない言葉で関係が壊れてしまうのが怖いとか言い訳しながら、結局はぼくのなりたいものになっている同級生への悔しさ、一方的なわだかまりだった。

みっともないとわかりながら、けど、どうしようもなかった。

5

「えーみなさん、本日はお集まり頂きありがとうございます！」

加瀬が代官山の夜景を背に乾杯の音頭をとる。

ロン毛でイタリア人みたいな彫りの深い顔、日焼けした肌。マリンスポーツ大好きという海キャラを全身で表現していた。

メキシコ料理店のルーフトップバー（ビルの屋上テラスで飲む場所をこう言うらしい）。

シックな布張りのソファが並べられ、暖色の照明がムーディーな空間を作り出している。加瀬らしい店のチョイスだ。

「というわけで、かんぱーい！」

みんなと一緒にグラスを掲げ、ぼくは席の近い元クラスメイトたちと乾杯していく。

専門学校の同窓会が始まった。

隣に座る花木と、最後にグラスを合わせた。

　ひょろりとしていて飄々(ひょうひょう)。個性派俳優という感じの風貌だ。クラスの女子に「妖怪にいそう」といじられたこともある。一年半ぶりだけど、まったく変わっていないように見えた。

「ほんと久しぶりだな」

　何を話していいかわからなくて、会った最初に言ったことを「ほんと」を足して繰り返す。

「ああ」

　花木は太くて丸い声で応える。それだけ。しゃべる方じゃない。ぼくは生まれた少しの間にも耐えられず、

「どうだ、やっぱ忙しいんだろ?」

　卑屈になっている自分がわかって、ものすごく嫌だった。

「よく言われるけど、そうでもないよ」

　花木はあくまでマイペースにウーロン茶を傾ける。

「ねえ花木くん」

　女子たちが離れた席から話しかけてくる。

「西山藍(にしやまあい)の写真集やるんだって!?」

「ああ、うん。もう終わったけど」

「すごーい!」

そうはしゃいだのは、花木を「妖怪にいそう」といじったあの子だった。

超有名アイドルの名前に、まわりの男からもすげーと声が洩れる。ぼくも驚いた。

そんな仕事までやってたのか。

ずっとずっと、先を行かれている——。

「なあなあ、西山藍、どんな子だった?」

あっというまに質問攻めになった花木を横目で見つつ、ジンジャーハイボールをちびりと飲んだとき、

「よ」

反対側から加瀬が来た。

隣の隙間に座る。どすん、という圧が風のように伝わった気がした。

「チィーッス」

持っているシャンパングラスを差し出してくる。

「乾杯」

かちんと合わせた。

「来てくれてサンキュな」

こういうことをさらりと言える奴で、正直こいつの美徳だと思う。

「いや、お前こそ幹事お疲れ。大変だったろ」

忙しいのに、という言葉をすんでのところで飲み込む。

「べつに。そろそろ一回集まっとこっかなーって気が向いただけだから」

慣れた仕草でシャンパンを飲む。佇まいに、以前にはなかったオーラを感じた。

「仁、最近どうよ」

「ん……」

なんと答えようか葛藤が生まれたとき、

「加瀬」

学生時代あまり絡みのなかった奴が加瀬のわきに来た。薄い皮膚にひらっとした笑みを貼りつけて、

「ちょっといいか？」

「おう」

鷹揚に立ち上がった加瀬を連れ、人のいない隅っこに向かっていく。たぶん仕事の紹介を頼むか、一緒になんかやろうとか、そんな話だろう。

ぽつんと残る。

やっぱり今日はクラスの出世頭の花木と加瀬が主役で、引っ張りだこになるんだな。

ぼくは妙に客観的な調子で、心の中でつぶやく。

「あそこ、観光バスが来ちゃってもうダメ」

「えっ、今そんなことになってんの？」

「インスタで有名になってとどめっていうか」

斜向（はすむ）かいで風景の撮影スポットの話をしている。穴場が穴場でなくなったという内容だ。ぼくはそっちに合流し、かつて交流があったりなかったりの面々と同窓会を過ごしていく。

みんなどこかの写真スタジオで働いてたり、だいたい似たり寄ったりの境遇だったけど、

「先月、カメラマンに昇格できたの」

「おーやったじゃん！」

「課題とかあった？」

「ビール缶の切り抜き」

「難しいよなー」

働くスタジオで、アシスタントから所属のカメラマンに昇格できたり、

「実は、次のフォトマガジンで準入選した」

「こないだ上げた写真が、いいね五万近く行って、フォロワー一気に増えた」

着々と足場を固めていたり、結果を出している人が何人もいた。

——ぼくは何をやってるんだろう。

自分への苛立ちとあせりを感じて、料理も酒もほとんど入らなかった。

そして、お開きの時間になった。

加瀬が締める。二次会を用意しているかと思いきや、言及はなかった。あいつは忙しいんだろうとみんな想像して、何も言わなかった。

帰り支度をしながらあちこちで「このあとどうする？」と話している。ぼくはそういう気分になれず、一足早く店を出た。

狭く曲がりくねった道をマップ頼りに進み、代官山駅に。
打ちっ放しのコンクリートの薄暗いホームで一息ついたとき、着信が来た。
加瀬だった。
『お前、今どこ？』
「……駅」
早っ！　とつっこんできて、
『まだ電車乗ってないよな？　今から花木とそっち行くから！』
……え？

6

コンビニの袋がかさかさと鳴る。

こうして三人でアパートに向かっていると、ほんとにあの頃みたいな気分になった。

「このへん変わってねえなぁ」

加瀬が狭い路地を見回しながらつぶやく。

花木もそういうふうにして、表情で同意していた。

これからうちで、二次会的なことをやる。加瀬は最初からそのつもりだったらしい。

ぼくのアパートが見えてきた。

ひっそりとした住宅街の中、無個性な二階建てが蛍光灯のか細い白さに浮かんでいる。寿命の近い蛍光灯がひとつチラついていて、ぼくはそれがとても恥ずかしくなった。

花木がカバンからフィルムカメラを出し、軽く移動しながらパチリ、パチリ、と二枚撮った。

「撮っとこ撮っとこ」

加瀬もｉＰｈｏｎｅを取り出し、撮る。

ぼくが今も住んでいるこの場所を二人が記念のように収めることに、微かな胸のうずきを感じた。

それを押し殺して、ドアノブに鍵を差す。

開けると、見慣れたコンクリートの土間と、小さなキッチン。

「おおー懐かしい！」

「仁のアパートのにおいだ」

二人がそれぞれ感想をつぶやく。

「ちょっと片すから待ってて」

「えーいいじゃん、散らかってても」

「よくねーよ」

台所と部屋をつなぐガラス戸を閉め、畳の上に散らばったものを片付けていく。

「来るなら事前に言っとけよ」

「こういうのはサプライズだから面白いんじゃねーか」

「カノジョにやれよ」

「あー、こないだいきなり羽田から北海道連れてってラーメン食わせたけど、喜んでたぞ」

「マジか」

「前に食いたいって言ってたのはあるけどな。もう目ぇキラッキラさせてな。女ってほんとサプライズ好きだから、お前らもやってみ？　マジ喜ぶから！」

「加瀬のそういうところ、すごいと思うよ」

花木が真面目に褒めていた。

「お待たせ」

片付けを終え、二人を部屋に上げる。

「そうそう、こうだった！　仁の部屋」

「パソコンが変わったぐらい？」

「あのスタイケンのパネルとかな！　この座卓も。うわー、なんかちょっと鳥肌立つわ」

「隣いるんだから、もうちょい静かに」

「そうそう、それな」

買ってきた酒とつまみを座卓に並べていく。

チューハイグレープフルーツ、スミノフ、ウーロン茶、ポテトチップス、チョコ、チーズ鱈、カシューナッツ、開けていくと、それぞれのにおいが混じり合って、そこにふっと当時がよみがえった。

「じゃあ改めて」

抑えた声で乾杯する。

卒業して以来の、ぼくのアパートでの飲みが始まった。

「澤田、結婚するらしいぞ」

「マジで？」

話題はやっぱり、さっきの同窓会でのこと。

「山口、最初わかんなかった」

「ギャルだったもんなー」

「花木、ＬＩＮＥ交換してたじゃん」

「頼まれたから……」

誰と誰が付き合って別れたとか、そういう他愛のない話が続いていく。

でもぼくはだんだんこの会話の中に、ある不自然さを覚えるようになっていた。

二人が、自分たちの仕事の話をまったくしない。

——気を遣われている。

という思いが一方的に膨れあがり、その息苦しさに耐えきれず、自分から破った。

「そういや加瀬、みんなと話してたときグアムに行ってたって聞こえたけど」

「ん？——ああ」

なんでもないふうに応え、

「夏の写真撮りに行ったんだよ」

「そういうことか」

広告は基本、シーズンを先回りして撮る。だから今は夏に向けた制作で、つまり、夏の野外の光線がほしかったってことだろう。

「バブリーだね」

花木が感心したふうに言う。普通なら照明やレタッチでなんとかしたり、野外で外国でという企画自体避けるところだろう。

「たしかに金はかかってたな」

大きな広告主(クライアント)だということがひしひしと伝わる仕事を、加瀬はちょっと目を逸らしながら他人事みたいに話す。

「すげえな」

ぼくは素直にそう言うしかない。

「戸根さん、元気か?」

加瀬が話題を変える。やっぱり気を遣われている。

「ああ。お前と花木のこと、よく話してるよ」

そのとき、ぼくは思い出した。

「……なあ花木」

「なに」

「お前に会いたいって子がいるんだけど。新しくバイトに入ってきた子でさ」

なつきちゃんとの約束。べつに守らなくてもバレることはないけど、なんだかそれは卑怯だから、やりたくなかった。

「その子、すげーお前のファンなんだって」

「そう」

薄い反応。

「どうする？」

「いや、いいよ」

即答。あいかわらず恋愛には興味がないようだ。

「そうか」

ほっとしたのを出したくなくて、つとめてさりげなく言った。

そんなぼくたちを加瀬が見ていて、飲んでたコップをことりと置いた。

「なんか遊べるもんない？」

立ち上がって、部屋を物色しだす。

「ゲームなかったっけ？」

「売った」

「あー、オレもやんなくなったわー」

と、花木がいつのまにかぼくのポートフォリオを手にしていた。

「！　あっ」

思わず声が出る。あれも片付けておくべきだった。

止めるまもなく、花木が問答無用でページを開く。

「お、ポートフォリオ？」

加瀬も花木の横に並ぶ。

「…………」

ぼくは仕方なく向かいからその様子をみつめる。膝(ひざ)の上のこぶしが、緊張で硬くなった。

二人はぱらぱらとページをめくっていく。何も言わない。そのまなざしには退屈がにじんでいるように映った。

加瀬はどうコメントすべきか迷い、花木はもう口から出ようとしている。そんな感じだ。

心臓が嫌な動きをする。

でもそれは二人の現時点の反応に傷ついたということより——最後のページが近づいていることの方が大きい。

あの写真。

もしあれを見ても二人の反応が変わらなければ。たいしたことないとジャッジされれば、ぼくのモチベーションはひどい痛手を負うだろう。想像しただけで、胃が鳴りそうだった。

そしてついに二人が最後のページを――めくった。

やった。

目の色が変わるという表現の内容を、ぼくはこのとき理解した。それは光が強くなることで黒目が相対的に引き締まるという変化だった。

加瀬の眉が、ゆっくりと持ち上がる。

「……いい感じじゃん」

つぶやきが六畳間にいき渡り、部屋が静まりかえっていたのだと気づく。

「仁」

花木が明るい顔でみつめてきた。

「これ、すごくいいよ」

体の奥が、かっと熱くなる。

花木は写真に対して正直な奴だ。いいと思ったものはいい、駄目なものは駄目、それをはっきり口に出してしまう性格で、学生時代にはぼくたちを含めクラスメイトと何度もきわどい場面を作った。卒業するまでの二年間、花木がぼくの写真をいいと言ったことはついに一度もなかった。その花木が、

「傑作だと思う」

ぼくの写真に、そこまで言った。

目の奥が痛くなる。うっかり泣きそうだった。

「もしかして、レタッチしてない？」

加瀬が写真を見つつ聞いてくる。

「してない」

「ほえー」

変な声を出し、仕事の鋭い目つきで改めて写真を睨む。

「たしかにこれ、いじったらダメだわ。いやー、奇跡の一枚だなあ」

「これは誰？　モデルじゃないよね」

「おう、それな。めっちゃ綺麗だよな。偶然撮ったって感じだろうけど、ちゃんとコンタクトしたか？」

「ああ、許可をもらいに」

「誰？　誰？　すげーお嬢様っぽいけど」

ぼくは彼女とのいきさつを簡単に話した。

すごい屋敷に住んでいること、外に出れない病気らしいこと、ぼくへの依頼。

二人は真剣な顔で聞き終えたあと、すぐに、

「シリーズにすべきだ」

加瀬の言葉に、花木もうなずく。

シリーズ――つまり、彼女の写真を撮り続けて、ひとつの作品に纏めるということだ。

それをコンクールに出して受賞すれば実績になる。評判しだいで展覧会や写真集にもつながって、念願の写真作家としての道が開けていく。たしかにそれは、ぼくとしてもぜひやりたいことだ。

「……でも、許可はポートフォリオだけって条件なんだ」

「拝み倒せ」

「え」

「こんな一枚撮ったら、もうやるしかねえだろ。写真家として。写真家、須和仁として」

加瀬のこういう言い回しは、酒が回ってきたサインだった。

「それでコンクールでもなんでも獲って、どーんっとブレイクして、花木が泣いて謝るぐらいになってほしいんだよ」

「なんで僕が謝るの？」

「真面目か」

加瀬がつっこんだ。

「とにかくよぉ、売れてほしいんだよ仁」

「なんで」

「そしたら気持ちよく飲めるだろ」

直後、加瀬がはっとなった表情になる。

ぼくにも、その意味が伝わる。

やっぱり、気を遣っていたんだと。

加瀬は酔いに任せるように、そのまま続けた。

「やだろこんなの、お互い」

ぼくは加瀬の思いと、自分への歯がゆさを嚙みしめた。

「……ああ、いやだな」

深夜の部屋に、しんみりとした沈黙が降りる。それは学生の頃とは質が違う、けれど熱くて青い、ひたむきな空気だった。

くしゅんっ。

花木がこのタイミングでくしゃみをした。

「ごめん」

「お前！　こっちがすげーいい感じにしんみりしてたのに！」

「だからごめんって」

加瀬がぐわーっと摑みかかろうとして、膝を座卓にぶつけた。

「痛え！」

「静かにしろよ」

時計を見ると、零時近い。

これからぼくたちは久しぶりに、始発までだらだらと飲んで過ごすのだろう。

7

彼女の依頼に取りかかる。

ぼくは渋谷から山手線に乗り換え、目白にやってきた。

何を撮ろうかいろいろ考えた結果、彼女の家からそんなに離れてない、でも知らないだろう町を撮ることにした。

ぼくも知らない場所なら新しい発見もあって一石二鳥だ。そういう新鮮な気持ちが写真にのって彼女に伝わるんじゃないかって気がした。

ホームの階段を上ると、改札の方から幼稚園児が歩いてくる。

ちょうど帰り道なんだろう。迎えのお母さんと手をつないだペアが一〇組以上。お母さんたちの身なりがきちんとして、子供たちの制服も由緒正しい雰囲気があった。きっと名門の幼稚園だ。

その光景に、最初のシャッターを切った。

きっちりした制服とあどけない顔のギャップがかわいらしい。

子供、好きかな？

この写真を見て目を細める彼女の姿がちらりと、頭に浮かんだ。

改札を抜け、町に出た。


屋敷のインターホンを押すと、すぐに江藤さんが中に入れてくれた。

あいかわらずがらんとした気配。透明度の高い湖の底を歩いているような感覚で遠くのリビングを眺めていると、

「今日は暖かいですね」

江藤さんが話しかけてきた。

「ああ――そうですね。やっと春が安定したって感じです」

「先週は雪が降った所もあったとか」

「らしいですね」

階段を上りながら、

「……あの」

「はい」

「家族の方って、この時間は仕事とかですか」

できるだけさりげなく聞いたつもりだった。

「はい。みなさま外出しております」

江藤さんは簡潔に答えた。

二階に上がると、陽(ひ)の差した廊下がある。前に訪れたときの記憶と結びつき、映像がより頭の中でクリアになった気がした。

「須和様」

「はい」

ドアの前で立ち止まった江藤さんが振り向いてくる。使用人としてのプロフェッショナルを感じる丁寧な無表情。

「陽様は、本日のことをとても楽しみにしていらっしゃいました」

「…………」

返すまもなく、江藤さんがノックする。

「陽様。須和様をお連れいたしました」

溜めを置いて、江藤さんがドアを開けた。

枠の向こうに、あの白い部屋が広がる。

今日は壁や天井に何も映されていない。漆喰（しっくい）らしき質感の広い空間はまるで、現代の建築家が設計した教会という佇まいだった。

「お久しぶりです」

今日の彼女は、椅子に座っていた。

ベッドが横に移動され、そのスペースに細工の施されたテーブルと椅子が二脚。その一つに座る彼女は髪を結い、服装もそのままホテルに食事に行けそうなきちんとしたものだった。

「須和様、お荷物お預かりしましょうか」

「あ、これは……大丈夫です」

江藤さんに返しながら、手に提げたリュックが平らになっているかを確認する。実は、中にちょっとしたものを入れてきている。

「須和さん、こちらへどうぞ」

彼女が隣の椅子を勧めてくる。ぼくはそれに応じて進み、隣に座った。

ほのかに甘い香りがした。

初めて近くで見た彼女は、遠くからの端正さをそのまま保っていた。肌の綺麗さが際立っていて、横顔のあごから首にかけてのラインが細く通っている。やわらかそうな髪と睫(まつげ)、ふれれば壊れそうな背中。

「須和様」

江藤さんの声に、びくりと振り向く。

「お飲み物はいかがでしょうか」

「あ、ええ、じゃあ……コーヒーを」

「陽様は」

「私もコーヒーをお願いします」

かしこまりました、と江藤さんが下がっていく。

「須和さん。この前は気が回らず、すみませんでした」

なんのことだろう。

「何か足りないものがあれば仰ってください」

ああ。椅子とかそのへん。

「いえ、ありがとう。気を遣ってもらっちゃって……」

彼女がふわりと目を細めた。

ちょっとした表情や話し声でその人の質感が伝わることがある。彼女の場合は羽毛のようにやわらかくて、繊細だ。

「外、暑かったですか？」

「いえ、ちょうどよかったです」

そのやわらかさに逆に緊張して、言葉が出ない。

沈黙が生まれる。互いにそわそわとした空気をにじませたのがわかる。

「写真、撮ってきてくださってありがとうございます」

彼女が先に埋めた。

「いえ……」

あ、そうだ。

「幸村さんの写真、友達に見てもらいました」

それを伝えないといけない。

「友達って二人いて、どっちも第一線でバリバリ活躍してるプロなんですけど——絶賛でした。すげえいいって。あいつらにあんなに褒められたの、初めてでした」

熱を込めて伝えられたと思う。

浮かんだ彼女の表情は、想像と違った。眉間と唇に力を込め、何かに耐えているようなものだった。

どうしたんだろう。

思ったぼくの視線に気づいたふうに、口の端を持ち上げ、微笑みに近づけた。前に会ったときもこんな反応を見たなと、ふと思い出す。

そのときドアが開いて、江藤さんと、もう一人若い女性が入ってきた。

女性が、お茶を載せたトレイを持ってしずしずとやってくる。三〇前後だろうか、たしかに女性の使用人もいた方が何かといいだろうなと思った。

「ありがとうございます、藤井さん」

藤井と呼ばれた彼女はコーヒーとお茶菓子を置いて、無言のまま去っていった。

「須和様、こちらを」

江藤さんがテーブルに薄いノートパソコンを置く。

ぼくはポケットからＵＳＢメモリを取り出し、差した。プロジェクターにつながっているらしきブラウザも、その操作法も、直感的にわかるものだった。

はじめは白い壁とベッドしか目に入らなかったけど、よく見渡してみると天井には照明やプロジェクターらしきキューブ状のものがいくつも設置されているし、壁には小さな本棚もある。

照明が消え、部屋が暗くなった。

「楽しみです」

彼女の声が明るい。

「そんな期待されると、ちょっとプレッシャーっていうか……」

「あ、すみませんっ」

そんなあわてなくても。

「大丈夫です、江藤さん」

彼女がすぐさま言う。前にもあったやりとり。どういう意味なのか気になったけど、聞く勇気はまだ持てなかった。

「じゃあ、はじめます」

画像をクリックすると、正面の壁にそのまま映し出された。

駅で撮った、園児たちの写真だ。

「かわいい」

幸村さんが目を細める。それはぼくがイメージしていたとおりのもので、よし、という思いとともに胸に温かみが広がる。

「目白駅なんだ。山手線の」

「目白って降りたことないです」

「よかった。お母さんがみんな身なりがよくて、いい幼稚園なのかなって思ってたらさ……」

矢印キーで写真を進めていく。改札を出た広場、そして葉桜と深い緑のかかる重々しい校門。

「学習院だったんだ」

「ああ」

「さっきの駅前広場の右を向くと、すぐあってさ。『ああ、ここだったんだ』って」

「そうだったんですね」

よし、つかみは悪くない。

「それで、駅前の大通りを賑やかな方に進んでいって」

写真を進める。彼女がひとつひとつを受け止めるようにじっとみつめるから、ペースはずいぶんゆっくりになった。

すると彼女がはっと振り向いてきて、

「あの、遅いですよね……？」

「大丈夫。ゆっくりでいいから」

苦笑する。

「道路沿いに、ちっちゃい音楽教室があったんだ」

ガラスの扉越しに、おじさんの先生と小さい男の子が向き合ってそれぞれのドラムを叩いている写真を見せる。そして、その動画を再生した。

「わあ」

最近は、動画も写真表現の一つとして認められるようになった。先生と子供が一緒になって楽しそうにドラムを叩いている。

「かわいい」

「な」

そのとき、ぼくはやっと自分がタメ口だったことに気づいた。

「あ、すいません、さっきからタメ口で」

「そのままでいてください。急にくすぐったいです」

「でも」

「須和さんの方が年上でしょう?」

「二四」

「私は二〇歳です。ですから」

「じゃあ……」

そういうことになった。

「須和さん、子供がお好きなんですか?」

「うーん、まあ」

写真は大通りから住宅街に入っていく。

おっとりとした品のある町並み。でもところどころ山小屋風だったり、入口のドアの上に柱時計をくっつけていたりと個性的な家が混じっている。

小さな公園にあった、緑のトンネル。

円形の遊び場の外縁に緑が茂って、ちょうど子供がくぐるのにいい曲がり道のトンネルになっていた。絵本の世界っぽい。何か懐かしい気持ちになって、背を屈めてくぐった。それが伝わるかと思って、動画で撮った。

「ほら、なんかガキの頃に戻ったみたいな気分にならないか？」

「やっぱり子供が好きなんですよ」

「そうなのかな」

「そうですよ」

移り変わる写真の一枚一枚を、彼女は大きな瞳で受け取っていく。走ったあとに水を飲んでいるような切実さがそこにはあって、本当に長い間外に出ていないのだなと、ぼくは実感した。

「……でさ、また大通りに出たらすごいおしゃれな店があって」

その写真に、彼女はわぁ、と感嘆する。

パリの街角にありそうな、茶色の壁とガラスのウィンドウを組み合わせた飾り箱みたいな建物。

「ケーキ屋さんですか？」

さすが女子はわかるらしい。ぼくは中をのぞくまでわからなかった。

「エーグルドゥースっていって、調べたらすごい有名な店だった」

店の写真を見る彼女の表情には、はなやいだ色がある。

「ケーキ、好き？」

「はい」

「よかった。ごめん、中は撮影禁止って言われたから撮れてないんだけど」

ぼくはできる限り言葉で伝える。

「ケースに入ってるケーキがほんとキラッキラしててさ、上品な甘い匂いがして、大理石の台とか、あちこちに焼き菓子とかマカロンとかジャムが置いてて、オシャレ空間！　って感じで、すげー緊張した」

「ふふ」

彼女は笑い、それから想像しているのか目を少し遠くにした。

「店の中で食えるみたいだったから、食べてみた」

「どうでした？」

興味津々な彼女に応えるべく、ぼくはノートパソコンのキーを叩く。

白い皿に載った、長方形のケーキ。

「えっ」

「お願いしたら、SNSにアップしないって条件で撮らせてくれた」

苺と生クリームとスポンジ。たっぷりのホイップの層に苺の鮮やかな断面。細長い四角形だけど、なんのケーキかは明らかだ。

「これはシャンティーフレーズっていう店の一押しで、ショートケーキなんだけど」

「美味しそう」

「ああ。もう——ほんっっとに美味しかった」

力を込めて言う。

「口に入れた瞬間、びっくりした。すわっ、て感じで全部溶けてさ。もうなんか、今まで食べてきたショートケーキとはぜんぜん別物で、うまっ！　ってなった」

拙い言葉でも、気持ちで伝わったみたいだった。

「美味しそうですね……」

壁に映る写真をみつめている。まるで外国の写真集でもめくっているような、自分とは関わりのない美しいものを鑑賞するまなざしで。

そんな彼女をみつめながら、ぼくはこれから実行しようとしていることへの緊張が高まる。

恥ずかしい。外したらどうしよう。

不安と怯えがよぎる。体の芯がこわばる。

でも彼女の諦めてしまったまなざしに、勇気を振り絞った。

「……食べたい？」

「え？」

ぼくはリュックを床に下ろし、ファスナーを開け、中からそっと――白いケーキ箱を取り出した。

「実は、買ってきたんだ」

彼女が固まる。

外したか、と一瞬思ったけど、そういう感じじゃなかった。

彼女はケーキ箱をみつめ、それから、こっちを見る。

ぼくは、サプライズの笑みをした。

「シャンティーフレーズ、買ってきた」

そのとき浮かんだ彼女の表情を見て、ぼくは勇気を出して本当によかったと思った。

店でケーキを食べながらカウンターの客を眺めていたとき、思いついた。そうだ、テイクアウトだ。写真を見せて美味しさをさんざん伝えたあと、実はここにあるよっていう、そういうことをしてみようと。加瀬の言ってたこともちょっと思い出して。べつに大げさなことじゃない。外に出れない彼女のために、何かができればいいと思った。

ぼくはリュックの中から布で包んだ白い皿を取り出した。

写真と同じような、大きく円い皿を。

その上にケーキを飾り、ナイフとフォークを並べた。これで、壁に映っているものとほとんど一緒になった。

彼女はそれを手品を前にした子供のようにみつめ、そして……もうどうしていいかわからないという顔になる。

「なんていうかさ」

これを思いついたのは、伝えたいと思ったからだ。

「あそこのケーキを、ここに持ってこれるんだって。買ってきて、ここで食べられるんだって。当たり前だけど、なんていうか……あのケーキ屋さんは別の世界じゃなくて、この部屋とつながってるんだって、そういうのを伝えたいって、思ったんだ」

「………」

彼女が両手で口許を押さえ、瞳を潤ませた。

涙に近い湿度が部屋にやわらかくにじむ。

自分がちょっと思いきってやったことがここまで大きく響いてしまって逆にこっちが戸惑ってしまったけれど、泣きそうな彼女にぼくはやさしい気持ちに包まれた。

頃合いを見たように、明かりがついた。

「さあ、食べて」

すると彼女はゆっくりぼくを仰ぎ、枝垂れる花のようにうなずく。

刹那、ぼくは指先に力がこもるのを感じる。

撮りたい。

そう思う瞬間がさっきから何度も訪れていて、けど何もできないままその表情や仕草が流れていってしまう。二度とない瞬間が。

彼女がナイフとフォークを手にしようとして、はたとぼくを見る。

その顔も撮りたい。

「須和さんの分は？」

やっぱり彼女はそういうことに敏感だ。

「ちゃんとあるよ」

ぼくは自分のものを隣に並べた。彼女がほっとした目をする。

「じゃあ食べようか」

「はいっ」

そのケーキを前にした女の子らしいきらめきも。

「さっきからすごく苺の匂いがします」

ほくほくと食器を手に取る。江藤さんが、いつのまにかいなくなっていた。

彼女はケーキにナイフを入れようとして、

「……須和さんはこれ、どうやって召し上がりましたか？」

「え？　普通に下まで切って」

とはいえ、言いたいことはわかる。このケーキはけっこう高さがあるから、底まで切ると一口が大きくなってしまうのだ。

「一気に食べないと形ぐちゃぐちゃになるし、その方がぼくは美味しいと思う」

「そう……ですね。うん、形、崩れますよね」

その自分を納得させようとしているうなずきも。

彼女がまだ躊躇っているので、ぼくは先にケーキをぶすりと刺して、一気に口に入れた。

「――んまい！」

甘さと香りが口の中に満ちて、やわらかく回転する。

「やっぱ、すわっ、てとける。んん……んまぁい……」

味わうぼくをちょっと可笑しそうに見て、彼女はケーキを切り取る。

「いただきます」

その大きな一切れを食べようと口を開けた彼女が恥ずかしそうにぼくを見てきたから、すぐに目を逸らした。

ぱくりと口に入れる。

彼女のまなざしが跳ねるように広がった。

その表情が瞬く間に過ぎてしまう。

眉が下がり、唇が上がって、じんわりとした笑みになる。頬からあごがつるりと張って、しあわせそうになる。肩から鎖骨のあたりまでを縮こめる。そんな一瞬一瞬が何もできずに通り過ぎる。彼女は悶える表情に収斂して、口を開き、

「美味し――」

「撮りたい！」

言葉が溢れた。

いきなりのぼくの発言に、彼女がびっくりしている。

その顔もいい。

「きみを撮りたい」

声に出すと、抑えていた衝動が体の奥からこんこんと熱く湧き出てくる。

「撮らせてほしい。コンクールに出せなくてもいいから、撮りたいんだ。ぼくはきみを、純粋に、撮りたい」

「…………」

彼女の顔がはっきりと赤く染まっている。

ぼくは前に出ている自分に気づいた。距離が近い。

でも、退かない。

真剣な気持ちを伝えるために、じっと彼女の瞳を捉え続ける。うんと言ってほしい。

冷静なもう一人の自分がこんなことを思う。どうしてこんなに熱くなっているのか。

こんなに激しく駆り立てられているのか――。

彼女の瞳孔が拡がったのが、見えた。

ぼくから顔を逸らす。長い髪がさらりと動いて、薄い耳たぶが露わになる。

何かをこらえるように眉間と唇に影を生んで、

「………はい」

あごが縦に動く。穏やかな顔になる。

「私で、よければ」

ぼくの胸がふわっと膨らみ、

「ありがとう！」

手を差し出した。

「よろしく」

すると彼女が向き直って、はにかみながら手を。

「こちらこそ……お願いします」
その表情もいいと思ったけど、でも、いい。
これから、たくさん撮っていけるだろうから。
握手。
つないだ手の感触は小さく丸くやわらかく、雛鳥を思わせた。
窓のない部屋にふと陽が差したような錯覚がした。
明るい未来がほんの少し扉を開けたんじゃないかって、そんな気が。

2.彼女の病

1

初めて来る出版社だから、約束よりだいぶ早く着いてしまった。

仕方なく、時間を潰すことにする。出版社の入口を通り過ぎ、近くをぶらぶらし始めた。

これから、ポートフォリオの持ち込みをする。

学生の頃はコンクールで受賞して華々しくデビュー、あちこちから依頼が来る……というのを夢見ていたけど、毎年続けている応募は今までかすりもしていない。

そうするうち何かを変えなきゃいけないとなって、まずは商業で経験を積もう、プロの編集者にぶつけてみよう、という思いで出版社への持ち込みを始めた。

でも、仕事を取れたことは一度もない。

最初は持ち込み先をえり好みしていたけど、だんだん焦ってきて、見境がなくなってきている。どこでもいいから仕事を取りたい――今はそんな気持ちになりつつあった。

ポートフォリオを見てほしいと編集部に電話するのもすっかり慣れた。初めてのときは心臓が飛び出すくらいどきどきしたのに。

学生時代に思い描いていた自分になれず、そのときの方針がなし崩しに変わっていっている。自分の足下から泥水が染みてくるような心地がして、ときどき夜中に叫びたくなる——。

近くをひとまわりしたけど、五分しか経っていない。こういうときの時間は、過ぎるのがひどく遅い。大通りにSUBWAYをみつけて入った。

コーヒーを飲みながらポートフォリオを確認する。

目白で撮った人物や町のスナップを最初のページに置いた。新作だし、幸村さんが喜んでくれたこともあって、自分の中でもちょっとした自信があった。

あとはこれまでと同じ内容。風景や抽象、スタジオの設備で撮った化粧品の物撮り写真とか。とにかく何かが引っかかるかもしれないという思いで、よく言えば幅広く、悪く言えば節操なくぶちこんでいた。

そして最後に、とっておきの彼女の写真。

ポートフォリオをしまい、次に、これから持ち込む先の雑誌を開いた。

『Ange（アンジュ）』という、一〇代後半から二〇代までを対象にした女性ファッション誌だ。

ぱらぱらとめくりながら、目についた写真のカメラマンをチェックしていく。ファッション誌には必ずそのページに撮影スタッフのクレジットが載っている。

——あ。

知っている名前が飛び込んできた。

カメラマンじゃない。バイト先によく来るヘアメイクさんだ。

髪をお団子に結んだ、ハムスターっぽいおばさん。挨拶と仕事上の会話がほとんどだけど、付き合いは長い。

普段会っている人の名前や仕事をこういうふうに見るのは、なんだか妙な気分だった。当たり前だけど一線のプロなんだなって。

そろそろ時間だ。

雑誌をカバンに入れ、ファスナーを閉じようとする。

——。

ぼくはまたポートフォリオを取り出し、最後の写真を最初のページに入れ替えた。

戸根さんに見てもらったとき、最後のページまで辿り着かなかったことを思い出したからだった。

一番の自信作を一番最初に持ってくる。

いざやってみると、それが正しいような気がした。


受付のシステムは出版社によってぜんぜん違う。

今日の会社は、小さなエントランスに内線電話がぽつんと置いてある、というシステムだった。電話の横に、各編集部の内線番号一覧がある。これで呼ぶと、奥の磨りガラスの自動ドアから編集者が出てくるのだろう。

ぼくは受話器を取り、Ａｎｇｅ編集部の番号を押した。

『Ａｎｇｅ編集部です』

「あ、お世話になります。ええとブックの持ち込みなんですが、渡部(わたなべ)さんをお願いします」

少し待つと、相手が代わった。

『渡部です』

「お世話になります、ブックを見て頂く約束をした須和です」

『はい、そちらで少々お待ちください』

壁に貼られたドラマ化やコラボグッズの告知ポスターを眺めて待っていると、奥の自動ドアが開いた。

「初めまして、Ａｎｇｅ編集部の渡部です」

ぼくとほぼ同年代の女性で、いかにもきびきび働いてそうなスマイルだった。さっぱりした服装だけど、トレンドを押さえていることはわかった。

「ではこちらへ」

前置きなしで中に案内される。

階段をおりて地下に行くと、パーティションで仕切られた応接スペースがあった。

狭い通路の左右にいくつもドアが並んでいる。突き当たりに、花を生けた大きな壺。

渡部さんがドアの一つを開けた。ついて中に入ると、ほぼ長机と椅子だけのシンプルな会議室だった。

渡部さんが名刺を取り出した。ぼくもすぐカバンからケースを出す。

「Ａｎｇｅ編集部の渡部です」

「須和です。頂戴します」

会社員じゃないぼくは名刺交換なんてめったにしないから、こういうとき社会人っぽいことができたなっていう変な満足感が生まれる。

それから対面に座り、すぐポートフォリオを手渡す。この瞬間から、胸の奥が張りつめだす。

「では拝見しますね」

渡部さんがやわらかな物腰で言う。

これまで持ち込みを続けて、わかったことが一つある。

編集さんがページをめくるのが速いときは、駄目なときだ。

引っかからないままサッサッと最後まで行ってしまい、編集さんも時間が早すぎたことに気づいて、間を持たせようとページを遡（さかのぼ）る。でもそれは体裁を取り繕ろってるだけだってことが痛いほど伝わってきて、質問も少ない。そして「今日はありがとうございました」と送り出される。ぼくは経験してないけど、就活の面接もこんな感じなんじゃないだろうか。

渡部さんが最初のページをめくる。

——あの写真。

加瀬と花木にだって褒められた。何度も手応えを実感して、ぼくの中でも自信が生まれている。

どうだ。

写真を見た渡部さんの手が——止まった。

よし！

渡部さんは何も言わず五秒あまりみつめてから、次のページをめくる。

目白のスナップ。めくる速度は上がる。でも経験してきたような速さじゃない。ちょっと止まるものもある。

「フリーになられてから、どれぐらいですか？」

渡部さんが聞いてきた。

「……三年ちょっとです」

嘘だった。

本当はスタジオで何年も働いてるから、実質、戸根さんの弟子だ。けど、それを言うと純粋に実力を評価されなくなるから言わない。戸根さんは商業でかなり名の通った人だから、それを出すと力を借りてしまうことになる。それはいやだった。

「人物撮影の方が得意ですか？　やってみたい？」

ぼくは考える。すぐに幸村さんのことが浮かんだ。

「はい」

はっきり答えたとき、渡部さんの目が一瞬強くなる。

これまでの持ち込みと、感触が違う気がした。

でも、後半のページに入ったとたん露骨にめくる速度が上がって、ふくらんでいた感情が期待から不安に置き換わっていく。

そのまま最後まで行き、ポートフォリオが閉じられた。

「…………」

ぼくはテーブルに視線を落としながら、祈るような気持ちで待つ。これまでどおりの「ありがとうございました」なのか、少しは評価してもらえるのか。

「ちょっとお時間、まだありますか？」

え。

「あ……はい」

すると渡部さんが内線電話を取って、

「お疲れさまです、渡部です。ブック見てるんですけど、今って下りてきて頂いて大丈夫ですか？」

ほどなくして、先輩らしき女性が入ってきた。

「Ａｎｇｅ編集部の塚田です」

知らない展開だった。

「拝見しますね」

と言って、塚田さんがポートフォリオをめくっていく。

反応は渡部さんとだいたい同じものだった。途中で二人がアイコンタクトを取る。

そして最初のページに戻り、

「このあたりの写真はスナップで自然光でっていう感じなんですけど、スタジオとロケ、どっちがお好きですか？」

なんて答えるのが正解なんだろう。

迷ったけど、最近撮ったものの方が評判がいいし、楽しい気がした。

「ロケです」

「よくご一緒されてるヘアメイクさんだったりとか、スタイリストさんとか、いらっしゃいますか？」

いない。

「……えっと」

頭が真っ白になりかける。今までこんな質問をされたことはなかった。どうしたらいい。

「特には……」

二人の表情がわずかに曇る。

やばい。

そのとき、さっき目にしたヘアメイクさんを思い出す。

「――でも、木村（きむら）さんとかいいと思います」

カバンからＡｎｇｅを取り出す。

「ええと……この、木村玲子（れいこ）さん。この感じとか、いいなって」

ほとんど苦し紛れだったけど、二人の反応がほう、と意外なほどよかった。

「読んで頂いたんですね」

「それは、もちろん」

再び、編集者同士のアイコンタクト。

塚田さんが短い時間考える顔をしたあと、分厚いシステム手帳を開く。それからテーブルの卓上カレンダーをぼくの方に向け、来月の中旬を指した。

「この日って、空いてますか？」

「！　はい」

ぼくはスケジュールも見ずに答える。

「次の号で街頭のスナップがあって。読者モデルを数枚撮る感じのお仕事をお願いしたいと思うんですが」

「はい」

さっきよりも強い声が出た。

「では詳細が固まったら改めてご連絡しますね。よろしくお願いします」

「よ、よろしくお願いします」

エントランスの手前まで送ってもらい、ありがとうございましたと頭を下げ、自動ドアを抜けて会社を出た。

…………。

初めて。

初めて仕事が取れた――。

体の奥から泡立つように喜びがこみ上げてくる。充満するこの気持ちを外に出さずにはいられなくて、まわりに誰もいないことを確かめて――

しゃあっ！

小さな声で、こぶしを握った。

目の前には細いアスファルトの道と、ブロック塀。

なんてことのないこの景色を、ぼくはきっと生涯忘れない。

2

「すごいじゃないですか！」

なつきちゃんが派手にリアクションする。

バイトの終わり間際、バックヤードでの会話でこっそりと打ち明けた。

「まあ、ぜんぜんちょっとした仕事なんだけど」

なんて言いながら、鼻をさわる。やっぱり彼女には話したかった。

「そんなことないですよ！　Ａｎｇｅってわたしも知ってますもん。わたしですら！」

なつきちゃんに褒めてもらうこと、彼女の中でぼくの点数がプラスになってるってことが、にやけてしまうくらい嬉しい。

「ほんとおめでとうございます。やるなー。もーやるじゃないですか先ぱーい」

にやにやしながら二の腕を押してくる。気さくなボディタッチに、どきっと嬉しくなってしまう。

「じゃあ今日はお祝いってことで——ゴチになります！」

「なんでだよ」

「だめかー」

大げさにのけぞる仕草がかわいい。

同時に、ぼくは色めき立つ。ご飯に誘うチャンスだと。

今すぐ切り出したいのに、へたれてしまう。早く。早く言わないと。

「……べつにだめってことは――」

「そうだ！……ジンさん、例の件、どうなってますかっ？」

安いスパイみたいなひそひそ声で聞いてくる。

「例の件？」

「またまたー。花木さんの件ですよ。聞いてくれました？」

浮かんでいたテンションが、一瞬で地に落ちた。

「……ああ、聞いたよ」

とたん、なつきちゃんの瞳が輝く。いつもぼくに向けてくるそれとは明らかにスイッチが違った。

「どうでしたどうでした!?」

「忙しいって」

輝きがふっと消えるのを見て、ぼくはちょっとだけ暗い喜びを持ちそうになる。

「ですよねー」

軽いノリで、たははと笑う。欲しいおもちゃを諦めた聞き分けのいい子供のようだ。

だからぼくは。

「また今度、もう一回聞いてみるよ」

余計なことを言ってるなと、自分で思った。

「ほんとですかっ？」

「うん」

嬉しそうな彼女の笑顔に、ほっとした気持ちとせつない痛みが混じり合う。どうしてこうなんだろう。

着替えに行ったなつきちゃんと別れてから、ため息をつく。

結局、誘えなかった。幸村さんのときみたいにいろいろ思い切れたらいいのに、好きな子相手だと、うまくできない。

「須和ー！」

戸根さんの呼ぶ声。

バックヤードから出ると、ラウンジのテーブルから手招きしている。なんだろうと思いつつ、小走りで向かう。

「はい」

「お前、Ａｎｇｅで仕事取ったんだって？」

——え。

さっきの話聞いてた？　いや、距離的にありえない。

「玲ちゃんから連絡来てな」

ヘアメイクの人だ。

事情がうまく飲み込めない。ぼくの表情を察したふうに、

「編集に玲ちゃんいいって言ったんだろ？　そりゃ本人に伝わるよ。で、玲ちゃんもあー戸根さんとこの子ねって」

……おそるべき早さ。うかつだった。

「さっきＡｎｇｅの編集長に電話して、よろしくって挨拶しといてやったから」

舌打ちしたい気持ち。

「……はあ」

「なんだその顔」

「……いえ」

そういうのなしでいきたかったのに。

「あのなあ」

戸根さんがアイコスを吸い、吐き出す。

「玲ちゃんのことがなくても業界狭めーんだから、すぐ伝わんだよ」

「…………」

「俺が挨拶しなきゃお前、下手すりゃ仕事キャンセルされてたぞ」

「えっ」

「そりゃそうだろ。俺んとこ世話なってんのに、それ隠して動き回ってるってわかったら、相手どう思う？　俺と揉めてんのかとか、いろいろ考えねえか？」

はっとなった。

「お前の人柄が疑われんだよ」

正直それは、ぜんぜん見えていなかった。

「それだけじゃねえ。『戸根さんのところってどうなってんの？』って、俺や、ここで働いてる全員に迷惑がかかんだよ。それわかってんのか？　わかってねえだろ」

返す言葉がなかった。

自分の思慮の浅さが、冷たい羞恥心になって体を蝕む。

「……すいません」

頭を下げると、いつもの床が視界に広がる。オーディオから流れるスローな洋楽。

戸根さんから説教されるときの景色だった。

「お前のことだからどうせ俺の力に頼りたくないとか、そんなんだろ？」

頬がかっと熱くなる。

「……はい」

「ばかやろう」

声がぶつかる。

「結局は、てめえの腕だよ」

アイコスの焦げた臭いが漂う。ぼくは頭を下げたまま、ふがいなさに奥歯を噛んだ。

戸根さんは気まずそうに間を置き、最後にぽつりと言った。

「まあ、がんばってこい」

ぼくは帰り支度を終え、一人でスタジオを出る。

夜の街が広がった。

子供だと思った。自分のまわりの見えていなさに直面させられ、へこむ。二四にもなってこんなんでいいのか。

まだまだ、何もかもが足りない。

3

最初は圧倒された幸村家の豪邸も、三度目になると自分の日常に溶け込んでくる。

「須和様、申し訳ありません」

玄関で迎えてくれた江藤さんが頭を下げてきた。

「陽(はる)様の検査が、遅れておりまして……」

その「検査」という言葉に、ふいをつかれる。まるで気づいていなかった刃物が見えたような、そんな感覚。

「検査、ですか」

「はい。こちらへ」

いつもの廊下を通り、江藤さんがそれまで通り過ぎていたドアを開けた。

「こちらでお待ち頂けますか」

客間だった。

海外ブランドだろう重厚な応接テーブルに、革張りのソファが向かい合わせで配置されている。

　ぼくはその上手のまん中にゆっくりと腰掛ける。かたい弾力があった。

　江藤さんはドアのわきに立ったまま。この間行ったケーキ屋よりも落ち着かない。

　ほどなく、藤井さんがお茶を運んできて、すぐに出ていく。

「お医者さんが来てるんですか？」

　江藤さんに聞く。彼女は外に出られない。なら、往診の形になるはずだ。

「さようです。あと四、五〇分ほどかかるかと」

　長い。

「申し訳ございません。先ほどＭＲＩ検査が始まったところでして」

「え……？」

　ＭＲＩって――

「あの脳とか診るやつですか？　病院にある」

「はい」

「あれがあるんですか？　この家に？」

「さようです」

「…………」

あの大きな医療機器が個人の家にあるという発想そのものがなかった。買うにしても、ああいうものはたぶんものすごく高いんじゃないだろうか。想像を超えた富豪ぶりに茫然となる。

けれどそれ以上に、どこも悪そうに見えない彼女が、そんなものを用意しないといけないほど重い病なんだという事実が、ぼくの胸にのしかかってきた。

「……江藤さん」

「はい」

「あの子の病気が何か、聞いてもいいですか？」

「申し訳ありません。須和様にはできるだけ言わないようにと、陽様より仰せつかっています」

「え？」

「どうかご容赦くださいませ」

江藤さんは頭を下げ、それからは一言もしゃべらなかった。

4

検査を終えてきた幸村さんは、やっぱり重い病気に罹っているふうには見えなかった。

「前に南武線に乗ったとき、どっかの駅近くで『あれなんだ？』っていうのが見えてさ。それをたしかめに行ってきたんだ」

白い壁に、南多摩駅近くの車窓から撮った景色が映し出されている。

建物群よりずっと高いところで、白い柱と青い板が連結した、ぱっと見何かわからないものがぽつんとそびえている。

「わ、なんだろうこれ。なんだったんですか？」

「橋だったんだ。その上の柱の部分」

そして渡った先にあった東京競馬場の写真を見せる。彼女が行ったことのない場所だと思ったから、きっと興味を持ってくれるだろうといろいろ撮ってきた。

「私、競馬場って行ったことないです」

よかった。

初めて見る競馬場の中を、彼女は目をきらきらとさせながら見る。

「……写真っていいですね」

ふとつぶやく。

「現実なのに、現実よりも素敵になります」

「たしかにそれはあるな」

「ですよね」

写真が終わりに差しかかったとき、ぼくは彼女への報告を思い出す。

「実は雑誌の仕事が取れたんだ」

振り向いてきた彼女は、まだその意味をきちんと把握できていないふうだった。

「前に話しただろ。ポートフォリオっていうのを出版社に持っていってジャッジしてもらうって。それに通って、仕事をもらったんだ」

理解の笑みが広がった。

「おめでとうございます！」

声が輝く。

た。

「すごいです、よかったですね」

ぼくにいいことがあったということを心から喜んでくれている純粋さが伝わってきた。

「幸村さんのおかげだよ。あの写真を入れたのがすごく大きかった」

とたん彼女はあの表情をした。

眉間と唇を曇らせる。そんな自分に気づいたふうに口の端を持ち上げる。何度も見たその反応がどういう意味のものなのか、気になった。

「それでさ、今日は……」

写真を見終わったあと、ぼくは切り出す。

「撮らせてほしい」

江藤さんを通じて、伝わっているだろう。それは今日の身だしなみにも表れていた。

彼女は躊躇うようにまばたきして、ゆっくり小さくうなずいた。

「もしかして、いや?」

「いやということはないです」

顔を上げてくる。

「お役に立てることは、すごく嬉しいですから。ただ……」

「ただ？」

「いえ。大丈夫です」

煙るように目を細め、頭を振った。

だからぼくは支度を始めた。リュックを下ろし、中から白のウインドブレーカーを取り出し、今の上着と着替えていく。

「どうして着替えるんですか？」

「この白いのがレフ板代わりになってくれるんだって。近づいて撮るときとか、光を起こしてくれるんだ」

「光を起こす」

「反射させて、モデルに当ててるってこと。大事なんだ」

「光がですか」

「写真は光を撮るものだから」

それがとても響いたふうに、彼女が瞳を明るくさせる。ぼくはつい照れくさくなって、おどけた調子でウインドブレーカーをつまむ。

「まあ、これは本で読んだ知識なんだけど。今日のためにあわてていろいろ読んできたんだ」

「そっか……いろいろ読んできてくださったんですね」

そんなふうに彼女が言うものだから、ぼくはまた照れて、何も言わずに一眼レフを取り出し、バンドを左手に巻いて構えた。

「じゃあ……お願いします」

「お願いします」

カメラを向け、ファインダーを覗く。

ベッドの上にいる彼女はそれだけでも絵になった。白い部屋がスタジオのような非日常感を出していて、そのすっきりとした背景が彼女によく合っている。あえて露出を上げて白くふわりとした雰囲気を出しても面白いかもしれない。

「…………」

レンズを見返す彼女の表情は、さっきまでと一転して硬い。意識して緊張しているんだろう。

普通なら「笑って」とか言いたくなるところなんだろうけど、モデル撮影はこれでいい。いいショットは最初の一枚と最後の一枚とよく言われる。

この最初のぎこちない彼女の表情と感情を、しっかりと収めておく。

カタッ。シャッターの開閉する音が、静かな部屋に響く。

撮影が始まった。

「じゃあ……そこに立ってもらっていいかな？」

「はい」

彼女がベッドから降りた。

ぼくはカメラを構えながら彼女のまわりを回っていく。どこから撮るのが美しいか、それをみつけるために。

——左の方がいいかもしれない。このへんの斜めとか。

——真正面もいいな。

シャッターを切っていく。膝を曲げて目線の高さを変えたりしながら、探し続ける。

彼女は棒立ちのままぼくの動きを目で追いながら、だんだん不安そうな面持ちになる。

たしかに立ちっぱなしは落ち着かないだろう。そろそろ一周してしまう。ポーズなり何なり、次のことを指示しないといけない。

なのに回りきっても、何も浮かばなかった。モデルにどうしてほしいのかがわからない。自分に撮影の経験値がほとんどないからだとわかった。

目の前で、彼女がおとなしく待っている。

動揺が伝わらないように必死に頭を回転させ、まわりに視線を巡らせ、椅子をみつけた。

「えっと、次はあの椅子に座って」

「はい」

とりあえず指示が出せたことにほっとする。

「もうちょっと顔、こっちに向けて」

彼女が澄まし顔を向けてくる。

「肩もこっちに。もうちょっと……そう」

調子が出てきた気がする。

でも、なんだろう。

レンズ越しに見る彼女の瞳には、変わらず不安が宿り続けていた。いくら動きを伝えても、いっこうに晴れる様子がない。

なぜだ。何が原因だ。

悩んでいたとき、忘れていたことを思い出す。

それは、おととい電話で受けた加瀬からのアドバイスだ。


『モデルにすぐ写真見せろよ』

「なんで？」

『そりゃ気になるだろ。自分がどんなふうに撮られてるかって』

「なるほど」

バイト先の撮影で、モニターをのぞきこんでいたモデルの姿が浮かんだ。

『ってか、花木の専門だろ。あいつに聞けよ』

「……お前の方が聞きやすいっていうかさ」


「――とりあえず、こんな感じなんだけど」

撮ったものを見せたとたん、彼女の目を覆っていた不安の色が消えた。

よかった。

「これとか、いいと思った」

ぼくが感想を言うと、彼女はますますほぐれて、

「私、すごく緊張してますね」

笑みをこぼした。

「っていうか、ぜんぶ同じ顔してる」

それはひとりごとだったけど、彼女の「っていうか」という言葉遣いはふいをつかれたというか、言うんだ、って感じで新鮮だった。

「幸村さんのキメ顔なんだね」

たぶん自撮りをあんまりしていないんだと思う。表情にそういう不慣れさがにじんでいたけど、でも自分なりの「いいと思う顔」を持っているのはここに出ていて、女の子なんだなと思った。

ぼくの指摘に、彼女が恥ずかしそうに口許を押さえる。

「！　あっ、その顔いい」

ぼくはとっさにカメラを構え、キープキープ、と呼びかけた。

それがおかしかったらしくて、シャッターを切るときには吹き出した破顔になってしまった。

ピントもだいぶ甘かったけど、これはこれでいい写真だと思った。

そうだ、会話だ。

「好きなものって何？」

「映画をよく観ます」

「どんな？」

「えっと……ディズニーが多いです」

話しながらだと、とても自然な表情や仕草を見せてくれる。

「ああ、ディズニーいいね。安心して観れるっていうか」

「そう！　そうなんです。何があっても最後は絶対ハッピーエンドだって安心して観れるところが好きなんです」

好きなものを話す彼女の一瞬一瞬を写しとっていく。

「あとは、お笑いも好きです」

「えっ、意外。どういう？」

「漫才とかコント。面白いし、やってる方は真剣で、なんていうか混じりけがないから、そういうところが好きです」

「すごいな」

「何がですか？」

「理由が。すごいしっかりした考えで観てるんだなって」

「そんなこと……」

真面目な子なんだな。

そんなふうに話しているうち、お互いすっかりほぐれていた。

「ちょっと廊下に出てみようか」

ドアを抜けたとたん、温度が上がる。部屋の人工灯からカーテン越しの自然光に変わり、明るさがよりおおらかな質感になる。

「いい光線だな」

「光線ですか」

「うん、薄日でちょうどいいし、うまく回ってる。そこに立ってみて」

窓の光源を、斜め後ろに背負う位置。

「半逆光っていって、人物を撮るときにバランスのいい影ができるポジションなんだ」

「半逆光。初めて聞きました。逆光がいいって意外です」

「実は使い勝手がいいんだ」

話しながらも、いい表情が出たときはすかさずシャッターを切っている。

もうちょっと肌の色を起こしたい。

「ごめん、近づくね」

カメラを構えたまま一歩二歩と進む。カーテン越しの光がぼくの白い上着に反射して、彼女の肌がほんのりと映えた。

レンズを見返してくるまなざしは近づいた距離に戸惑っているふうだったけど、最初に比べてずいぶん慣れたことがわかった。

少し変化がほしい。撮りながら思ったとき、ほぐれた意識がバイト先で見たいつかの現場を思い出させた。

「ちょっと思いきったことやってみようか」

「思いきったこと？」

「ぼくの、こっちの手首をつかんで」

カメラをホールドしている左腕を示す。

「両手でつかまるみたいに——そう」

彼女はおずおずと手を伸ばし、つかんできた。卵でも持つような力加減。もう少し強くと言うと、どうしようこんな感じかな、とつぶやくような表情と仕草をする。その全部がシャッターチャンスで、夢中で撮った。

フレームの中の彼女は、恋人と両手をつないで引っ張っているようなポーズになっている。そのアクティブな構図と表情のギャップがよかった。

「このまま回ってみよう」

「えっ？」

彼女はわりといっぱいいっぱいのようだった。

「ゆっくり時計回りに。——はい」

ぼくは左足を横に出す。彼女は自分の足下をたしかめ、急ぎぎみに左足を出した。

「そう。このまま続けて」

淡い光に満ちた廊下で、ぼくたちは回り続ける。

ぼくはごつい一眼を彼女に向けたまま。彼女は腕につかまったまま。ゆっくりゆっくり、時計回りに。

レンズに映る彼女の影がくるくると変わっていき、表情も落ち着きを取り戻してじっとこちらをみつめたり、天井や窓の方に目を向けたりする。それからふいに、ぷっと小さく吹き出した。

「どうしたの？」

「へんだなぁって思って」

「たしかに。でも今の顔、すごくよかった」

すると彼女は軽く目を瞠ったあと、ふくらみかけたものをぎゅっと縮こめるような表情でうつむいた。

ほどなくして回るのをやめ、ぼくはカメラを下ろす。

撮った写真をざっとチェック。うん、いい感じだと思う。

「ほら」

ぼくは彼女の隣へ行き、写真を見せる。連続で再生すると、影や表情の移り変わりがよくわかる。

「これがさっきいいって言ったやつ」

「ぷっ、てなってます」

「それがいいんだよ」

そう言って彼女を見る。

甘く涼しい香りがして、ふいに距離の近さを実感した。

肩がふれそうなところに、毛糸の先のようなくすぐったい温度がある。

彼女が振り向いてきて、目が合う。

ぱっと逸らされ、それから彼女は前髪を指先で耳のあたりまで梳く。

なんとなく埋めにくい沈黙に困ったとき、いいタイミングで江藤さんが来てくれた。

5

「お笑いの録画かＤＶＤある？」

客間で一緒にお茶を飲みながら、聞いた。

「どんなのが好きか、興味ある」

江藤さんは用事なのか席を外している。初めて来た日なんかは片時も目を離さないって感じでぴりぴりしてたことを思うと、ずいぶん馴染んできた気がする。

「え、普通ですよ」

「普通って？」

「年末にやってるコンテスト？　を観たりとか」

なるほど、普通だ。

「ある？　一緒に観たい」

「いいですよ」

録画したものが残っています、とレコーダーのリモコンを引き寄せる。

「ここのに入ってるの？」

「テレビはこの部屋で観るんですよ」

1Kアパートのぼくからすると、なんともぜいたくな話だ。

「観てるとこ、撮りたいんだけど」

「ええっ」

「お願い」

手を合わせる。これが目的だった。

「絶対いい写真、撮れると思うんだ」

「……でも私、すごく笑いますよ？　口とか開けて」

「それはぜひ撮りたい」

「えぇー」

と上を向く彼女を見たとき、打ち解けてきたなと思った。最初は絵本から出てきたようだと感じたけど、こうしていると本当に普通の女の子だ。

拝み倒して、なんとかオーケーしてもらった。

テレビとレコーダーの電源を入れると、今やっている番組が流れた。

「あ」

つい声が出る。女子フィギュア選手の引退会見をやっていた。誰でも知ってる有名選手だ。

「そうか、昨日発表してたもんな」

「そうなんですか？」

「え、ネットとか見てない？」

「すいません、ネットはあまり見ないんです。テレビもほとんど映画を観る用で」

「へえ」

変わってるねというぼくのニュアンスに、目を糸のように細める。それが彼女の愛想笑いなのだとわかった。

「ごめん、ちょっとだけこれ見ていい？」

「はい」

そう言った彼女の反応に、ぼくはもっと注意すべきだったと思う。

会見はもう後半で、マスコミ各社が手を挙げて質問していくくだりになっていた。

『引退を決めてからいろんな人に声をかけられたと思うんですが、一番印象に残っている言葉はなんですか？』

選手がマイクを取る。

『みなさんが「お疲れさま」って言ってくれて、私自身、ああ引退するんだなって実感しました』

その答えに、ぼくははっと気づいた。

ここで「一番印象に残っている言葉」を答えてしまうと、それ以外にかけられた言葉と格付けをしてしまうことになる。だから角が立たないようあえて「みなさん」とぼかしたんだと。さすが長くこういう立場にいる人は違うなと思った。

『印象に残る言葉を』

なのに、記者は同じ質問を重ねた。

イラ、とした。

たぶん記事やVTRのためにはっきりした言葉がほしいんだろう。選手の配慮を知ってか知らずか、どっちにしろおかまいなしだ。

この時点でちょっとうんざりしてたんだけど、自分から見たいと言ってしまったプレッシャーで画面に向かう。

『最後にジャンプに挑んだときは、どんなお気持ちだったんですか』

失敗した演技についての気持ち。

聞きたいのはわかるけど、見ているこっちとしてはやめてあげてほしい。そんなふうに選手の気持ちに寄り添っていく方が今っぽい感覚の気がするんだけど。

悪い質問ばかりではなかったけど、それ前の人も聞いてたじゃんとか、せっかくだから何か聞いとこうという貧乏性みたいな質問が続いて、ぐだぐだになっていく。

『結婚のご予定は？』

うわ。

さすがに限界だった。

「……ありがとう。もういいよ」

彼女に振り向く。

――え。

その横顔に、強烈な違和感があった。

赤い。

不穏な赤さが広がっていた。

彼女がこちらを向いて、さらに明確になる。顔中に赤い砂利をまき散らしたような斑点が浮かんでいる。

ぼくの表情を見た彼女が、はっとなる。

「それ――」

ぼくが言い終えるより早く、両手で顔を隠した。

ソファの上で、まるで熱湯をかけられたように縮こまり、そして、

！　ッッ、……ハカッ…！　…、ウア………ッ…ッ…！

喉が塞（ふさ）がれていくような音を吐き出す。

「どうした!?　大丈夫!?」

彼女の肩のあたりをつかんだとたん、

「痛いッ!!」

絶叫に飛び退く。

彼女は細かく震えながら、ヒッヒュッと喉を鳴らし、ついには音もなく、全身の筋肉を血ごと固めたように微動だにしない。激痛に耐えているのだと、わかった。

大声で江藤さんを呼んだ。

向かいのソファに女医さんが座っている。

かかりつけの人で、今日も検査に来ていた。江藤さんの連絡で戻ってきて、さっき幸村さんの処置を終えたということだった。

「須和さんですね。初めまして、里見（さとみ）と申します」

小柄で柔和な雰囲気のおばさんだった。

白衣の下はスーパーに行くときのような普段着。たぶん個人でやっている人だろう。

「江藤さんから事情は伺いました。陽ちゃんが望んでいないとのことですが、病の性質上お話ししておくべきだと判断しました」

「性質上？」

聞き返して、江藤さんを見る。いつもどおりドア脇に控えながら、じっと目を瞑（つむ）っていた。

ぼくは里見さんに向き直る。と、特別な間を置くこともなく、医者らしいフラットな調子でこう告げた。

「陽ちゃんの病気は『自己免疫疾患』です」

その単語を頭の中で変換して、意味をつかもうとする。

「自己免疫疾患というのは文字どおり、本来自分の体を守る免疫システムが自分自身を攻撃してしまう症状です。身近な言い方をするとアレルギー、になりますね」

「アレルギーって……食べ物とかのやつですか？」

「はい」

と答えつつ、まだ含んでいるものがあるという顔をする。

「軽症のものから、命に関わる重篤なものまであることは聞いたことがありますか？」

「知り合いに、います。そいつは蕎麦アレルギーで、ちょっとでも食べたら呼吸困難になるって――」

はっとなった。

さっきの、彼女だ。

「陽ちゃんの場合は、ストレスが原因になると考えられています。今回はテレビの引退会見ですね」

里見さんが言う。

「記者の質問を受けた選手のストレスを想像してしまったんでしょう。自分自身に向けられたものだけでなく、そういった繊細さもすべて、発作につながってしまうんです」

「…………」

ぼくの脳裏に、幸村さんの言葉がよみがえる。

何があっても最後は絶対ハッピーエンドだって安心して観れるところが好きなんです。

「実は、陽ちゃんの症例はきわめて特殊なものです」

説明が耳を通り過ぎていく。

基本的な症状としては、難病指定された全身性の自己免疫疾患と多くの点が共通しているのですが、ストレスによる発作という形でただちに悪化するケースは他に例がありません。

「私が確認できる限り、世界で彼女だけの症例です」

そんな大がかりな話を聞いて、ぼくは半ば答えを予想しながらも、こう尋ねるしかなかった。

「……治らないんですか？」

里見さんは目を閉じ――

「現状では、根治の方法はみつかっていません」

「はじめに症状が出たのは、一〇歳だと伺っています」

里見さんの見送りから戻ってきた江藤さんが切り出す。

「当初はなんの病気かわからず、症状もまだ軽かったので、ときおり病院に行きながらも通常の生活を送ってらしたそうです」

ぼくはソファに掛けたまま話を聞いている。

「ですが症状は年々重くなっていき、中学生になると校内で発作を起こすことも増えていきました」

原因がストレスなら、それは納得のいく話だった。自分もまわりもどんどん複雑になっていく時期だ。

　まして、あんなに繊細なら。

「陽様は学校に行けなくなり、ほどなくして……外に出ることも一切できなくなりました」

「どうしてですか」

「外出した際、激しい発作を起こされたのです。それが苦手意識に」

　たしかに、嫌な思いをした場所は避けたくなる。プレッシャーを感じるようになる。食べ物だって、一度それで吐いてしまうと嫌いになってしまったりする。普通の、誰にでもあることだ。

「苦手意識というのはつまりストレスです。陽様の場合、そのストレスがまた発作につながってしまいます」

　悪循環だった。

　その塞がりを前に、ぼくは沈黙してしまう。

　深い夕暮れが部屋の陰影を薄めて、ぼんやりとした闇を積もらせていく。

　江藤さんの顔のあたりが、暗くなったように映った。

「ずっと家に籠もるようになった陽様は、ご家族との生活も難しくなっていかれたそうです」

それは想像に難くない。

「発作を起こすことがとても増えたそうです」

そうだろう。

「年頃だし、そんな状況でずっと顔を合わせてたら……いろいろ、あるでしょうね」

起こっていることそのものは、わかる。誰だってあの頃、家族とずっといるのは嫌だろう。

「……きついですね」

それが命に関わる発作になってしまう彼女のつらさが、リアルにのしかかってきた。

また部屋が静まりかえる。

家のどこからも、なんの生活音も聞こえてこない。広さだけが空しく伝わってきた。

「結局、ご家族は仮住まいのマンションに移られました。私どもがこちらに参ったのも、その頃です」

ため息をついた。

家族が悪いとは思えなかった。どうしようもないことだと感じた。

「……そして昨年、ご家族は新居を建てられ、そちらに移られました」

その言葉にふいをつかれる。

「え、ちょっと待ってください」

振り向いた視線の先で、江藤さんがいたたましそうな目をしている。

「それって……」

彼女をこの家に残したまま、新しい家を建てて、そこで生活を始めた。

それって、つまり——。

「幸村さんは……知ってるんですか？」

「はい」

息が止まる。

そんな事実を知って、彼女がどんな気持ちになってしまうのか。想像するだけで胃が捻れそうだった。

「『よかった』と仰いました」

「え……？」

聞き返すぼくから逸らすように、顔を伏せる。

「ずっと気にしていたから、それがなくなって安心したと。気持ちが楽になりましたと、笑っておられました」

6

玄関で、彼女の部屋に置いたままになっていた荷物を受け取った。

「須和様」

江藤さんが、そっと落とした声で切り出してくる。

「今後のことなのですが」

「……はい」

「陽様の写真を、これからも撮っていきたいとお考えでしょうか」

リスクの話だ。彼女や江藤さんたちにとってはもちろん、ぼくを気遣ってくれている部分もあるだろう。

「……ぼくとしては、できればそうしたいです。でも、彼女の意思が最優先だと思います」

偽らない気持ちだった。逆に聞き返す。

「江藤さんは正直、どう思いますか」

彼の表情に迷いが浮かぶ。

そのとき——背後の廊下から、彼女が姿を現した。

ぼくの反応に気づき、江藤さんも振り向く。

「陽様——」

「大丈夫です」

彼女は体調について先回りして答える。

「江藤さん。須和さんと二人でお話ししたいのですが、よろしいですか?」

江藤さんは躊躇いながら彼女とぼくを交互に見て、そして……無言で畏まり、去っていく。

広くひんやりとした玄関に、ぼくたち二人が残された。

向き合いながら、ぼくは前から気になっていたことの答えを知った。

『大丈夫です、江藤さん』

たびたびあったその言葉は、ストレスがかかったタイミングで、発作が起きていないことを伝えるためのものだったのだと――。

「……病気のこと、聞きましたよね」

彼女が目を伏せ、淡い笑みを浮かべる。

「……ああ」

「すみません、黙っていて」

「いや」

それきり生まれた沈黙が、ひどく長く感じる。

「……私は」

彼女が、体の前で重ねた手のひらをこわばらせた。

「須和さんに撮って頂く価値なんかないんです」

話の繋がりがよくわからなかった。

そんなぼくを、見上げてくる。

「私はとても醜いですから」

「……どういうこと？」

聞いた。

「ごめん、わからないんだ」

彼女の表情が一瞬はりつめ、ふっと、自嘲の笑みになった。

「私は、私にとって心地よくないものを受けつけられません」

だから写真が好きなんです。

「さっきも話しましたよね。現実よりも素敵になるって。現実を切り取って、魔法をかけてくれます。綺麗なものはよりきれいに、ありふれた生活だって、ざらっとしたものを漉して、取り除いて、素敵なものに見せてくれます」

たしかにそうだ。

「私はそういう綺麗でやわらかいものしか受け入れることができないんです。体が拒絶するくらい、私の根本から。それってとても……」

彼女は声を震わす。

「醜いではないですか」

かなしそうに笑う声の余韻が冷めてしまわないうちに、ぼくは言葉を滑り込ませる。

「そんなことはないよ」

と。

「誰にだってそういうのはあるよ。拒否反応とか病気なのはたまたまで……」

誰もが言いそうな薄っぺらい言葉に、自分で舌打ちしたくなる。

ぼくに言えること。素直な、自分の、言葉。

「きみを撮ってて醜いって感じたことなんかない。内面だって外に出る。今この瞬間だってすごく撮りたいって思う」

すると彼女は、痛みをこらえるように、眉間と唇に影を作る。

「……私、自分がすごくかわいいって思いました」

え、と言いそうになる。

「初めて須和さんが来た日、あの写真を見たとき、そこに映ってる自分を見て、すごくかわいいって思いました」

そうだったのか。

「嬉しかったんです」

言いながら、あのときも今も、それが表情に出ていない。

「あの写真を使いたいって言ってくれたこと、私を撮りたいって言ってくれたこと、おかげで仕事が取れたよって聞いたとき、私はすごく、嬉しかったんです」

ただ、声と身振りの温度が、目の輝きが真実なのだと伝えてくる。

「これまで人に迷惑ばかりかけて、この家の中で何もしないで余生みたいな人生を送っていた私が誰かの役に立てたんだって、すごく、本当に、嬉しかったんです」

ぼくは驚いて、みつめ返すことしかできない。

彼女がこんな熱を持って感じてくれていたんだということが、今の今までわからなかった。だってそういう話をしたとき印象に残っているのは、そう、今また浮かべた、眉間と唇に痛みをこらえるようなあの顔だ。

「でも、でも」

彼女は続けた。

「その嬉しさは本当に人の役に立てたから？　ううん、自分がかわいいって評価された嬉しさなんじゃないかって」

両手で頭の横を押さえる。

「そんなふうに人からかわいいって言われることを自覚してる自分がいやで、いやって思える自分もまんざらじゃなくて、私ってなんて卑しいんだって思って」

「それは——」

「でも人の役に立てるのは純粋に嬉しいはずで、けどそれも浸ってるだけなんじゃないかとか考えて、ほんと嫌で」

「それはみんな――」

「でも須和さんが」

「めんどくさいな！」

ぼくはついツッコミの口調で言っていた。

――そうか。

きみがいつも浮かべる表情の意味は、そうだったのか。

そんなふうに繊細に、平凡に、真面目に思い悩んでいたときの顔だったのか。

「幸村さん、めんどくさいよ」

びっくりしている彼女に、ぼくは苦笑いしてみせる。

「どっちもほんとでいいじゃん」

そう。

「自分でかわいいって思うのも、ぼくが仕事取れて嬉しいって思ってくれるのも、どっちもあって。実際、幸村さんがかわいいからあの写真は撮れたし、みんないいって言うし、ぼくもきみを撮っていきたいって思うんだよ」

幸村さんはどう反応していいかわからないというふうにうつむく。

「でもさ」

ぼくはにやりと笑う。

「きみがさっき言ったとおり、写真には魔法がかかるから。だからきみは、写真ほどはかわいくない」

彼女は瞬きし、ぼくを見て、小さく破顔した。

「ひどい」

それはどこか、ほっとしたような笑みだった。

「そして、めんどくさい」

「私、めんどくさいですか」

「うん」

「ほんと、ひどいです」

なんだろう。

彼女の前だと年上の大人っぽい気持ちになれて、こういうことがすんなり言える。

「でもそれが魅力なんだと思う。人に気を遣うところとか、話しててやわらかい感じがするのも、きみがいっぱいつらい目にあってきたからなんだって、わかった」

すっ、と彼女が鼻を吸う。目がちょっと潤んでいた。

ぼくは頭をかく。

いつのまにか暗くなっていた玄関。そこに漂う水の粒子にふれられそうな、そんな感じがした。

「外の写真も、また撮ってくるよ。気合い入れて」

彼女はこくん、とうなずいた。

「まとめると……これからもよろしく」

ぼくに向けてきた瞳が小さな星のように光っている。

せつなげな顔をしていた彼女が、口角に力を込めて笑みのような形にしてもう一度うなずく。

その、人にできるだけ笑みを見せようとがんばる口の端の窪みがとても美しいと、ぼくは思う。

7

それからぼくは、彼女のためにたくさん写真を撮った。

魔法のかかった綺麗なものを。やさしい世界を。彼女の心にやわらかく響く光る景色を。

そして、彼女の写真もたくさん撮った。

週に一度か二度会って、たくさん話した。

「写真を撮りだしたきっかけは、家に古いデジカメがあって、それで。小二のとき」

「そんなに早くですか」

「まあ。撮ったのが液晶で見れるだろ。それが面白くて。親父の変な顔とか撮ると家族も爆笑してさ。それが楽しくて、なんか達成感があって、ハマっていったんだな」

「そのときの写真、見たいです」

「見せれるようなもんじゃないよ」

　すると彼女はふっと表情を止めて、風の通り抜けたような微笑に移し替えていく。心を畳んで仕舞い込む音が聞こえるような、それは彼女の諦め癖の発動なのだと、話しているうちに知った。

　これまでたくさんのことを、そうして見送ってきたんだろう。

「実家にあると思うから、また持ってくるよ」

　すると彼女はぱっと表情を明るくして、でもすぐに、

「無理しないでください。手間でしょう」

と気を遣う。だからぼくは、

「いいやつ選んで持ってくるよ」

はっきりと言う。それで彼女はやっと安心した様子になる。

けど、まだ終わりじゃない。

聡くて細かい彼女は、すぐに反省会を始めてしまう。

「私、めんどくさいですね」

「超めんどくさい」

あえてバッサリ返すと、彼女はどこかほっとしたような苦笑いを浮かべて、ようや

く話がまとまる。

これが、陽ちゃんとの付き合い方だった。

考えれば考えるほど難しい病気だと思う。

ストレスは自覚できることだったり外から与えられるものだけじゃない。むしろその逆の方がたくさんある。

気まずい空気がいやだとか、人にそういう思いをさせて申し訳ないとか、陽ちゃんはそっちの感受性がものすごく高い。それが発作につながってしまうのだ。

彼女の朗らかで人当たりのいい雰囲気は、そういう苦しみから身についたものなんじゃないかって気がして、だからぼくは最近、そのやわらかな佇まいがふいにせつなくなったりもする。

「仁さん、よろしければ夕食をたべていかれませんか？」

そんなふうに、一緒にごはんを食べるようになった。

セレブな幸村家のごはんは、豪華なフレンチとかそういうものじゃなく「料理上手な人が作るもてなしの家庭料理」という感じのものだった。

　陽ちゃんの好物は卵料理全般で、一番を聞くと茶碗蒸しとのことだった。あれが卵料理かどうかはちょっと微妙なところだけど。あとはじゃがいもをローズマリーと一緒にオーブンで焼いたものが好きで（これはぼくも好きになった）、ウインナーは焼く派らしい。

「え、撮るんですか」

　彼女がフォークでじゃがいもを食べようとしているところにカメラを向け、パチリ。

「撮るよ」

「撮ったじゃないですか」

「いい写真だよ」

　見せると、複雑な表情をした。本人的には納得がいかないらしい。

「妹だったら、これでもよかったかもですけど」

「妹？」

「すごくかわいいんですよ」

　家族のことを翳りのない顔で話す彼女に、逆にぼくの方がつらくなる。

「陽ちゃんの方がかわいいよ、絶対」

あえて適当っぽく言うと、陽ちゃんは例の反応をした。

眉と唇。


五月雨が降る日に、撮ってきた写真を部屋の壁と天井いっぱいに映した。まるで二人きりの映画館みたいに照明を落とし、椅子を並べて見上げていた。

「星を撮りに行ったんだ。高校の夏休み」

ぼくは思い出を話す。

「栃木の戦場ヶ原っていう有名な所でさ」

「すごい名前ですね」

「インパクトあるだろ？　電車とバスで長い時間かけて行ったんだ。三本松駐車場っていう定番スポットがあってさ。その日は新月で晴れのベストな日だったんだ」

「新月がいいんですか？」

「月の光がちょっとでもあると、小さい星が見えなくなるんだよ」

「なるほど」

「けど予報が外れて、夜になって雲が出たんだ。もうダメってことで、車で来た他の人たちはみんな帰ってった。けど、ぼくはバスが終わってたから帰れなくて」

「……大丈夫だったんですか？」

「うん。もともと泊まるつもりで準備してきてたから。トイレも自販機もあったし。でもちょっと怖かったよ。山の夜って独特でさ、沈んでいくっていうか、闇に溶かされてくような感じがするから。ケータイの画面が明かり的にも気持ち的にも命綱っていうか……バッテリーの減りをずっと気にしてた」

想像力の豊かな彼女が、張りつめた顔でこちらをみつめている。

「でもさ――晴れたんだ」

ぼくは話を転調させた。

「三時過ぎに、雲がなくなってることに気づいて。ほんとに真っ暗な場所でケータイから目を離すと一瞬まわりがよけい暗くなるんだ。だからより見えた。――星が。すごかった。生まれて初めて天の川も見た。ぼやーっとした大きいものが夜空にあって……ほんとに宇宙なんだなって思ったら鳥肌立って……あわててセッティングして、撮りまくった。すげえいい思い出なんだ」

「……その写真、見たいです」

「いま見ると下手くそな写真なんだけど、でも……」

天井を仰ぐ。

「この部屋いっぱいに映したら、プラネタリウムみたいになるのかな」

「素敵」

つぶやく彼女に振り向くと、まるで星のようなまなざしをしていた。

ぼくはカメラを構える。

レンズを向けられた陽ちゃんは自然なままだった。もうお互いすっかり慣れている。

カタッ、とシャッターを切った。

「じゃあ、今度やろう」

「はい」

カタッ
「陽ちゃん、慣れたよね」

「最初はその音がちょっと怖かったです。でも……」

「でも？」

「シャッターを切るのって、仁さんが『いい』って思ったときなんだなって。いいよって言われてるってことなんだなってわかったら……逆になりました」

花のようにはにかむ。

シャッターを連射すべきその瞬間――ぼくは瞳に彼女の姿を浴びて動けなくなってしまう。

はっと我に返ってしたことはシャッターを切ることじゃなく、その真逆、目を逸らすことだった。

何をやってるんだ。

まずい。なんとなくそう感じた。

それを振り切ろうと、ぼくはなんでもないふりをして撮影を続けた。

「すごくいい感じ」

撮ったばかりの写真を見せる。これも恒例のやりとりになっていた。

陽ちゃんは液晶をみつめる。いつになく静かで、どうしたのと聞こうとしたとき、

「仁さん」

「なに？」

「以前、コンクールに使いたいって仰っていましたよね」

「…………」

「いいですよ」

ぽつんとした言葉に、一拍置いてぼくは振り向く。

憂いを帯びたふうにも映る、真摯なまなざしがあった。

「仁さんのお役に立ちたいんです」

「………いいの？」

こくんとうなずく。

「ありがとう」

彼女は口の端を上げてはにかんだ。

少し遅れて、じわりじわりと、嬉しさが広がってくる。

自分が一番自信があるもの、充実しながら取り組めているもの、これならいけると感じているもので勝負ができる、高揚感。

彼女の写真をたくさんの人に見てもらえる、喜び。

「ぜったい賞、獲ってみせるよ」

本当にそうできそうな気がしていた。心が躍った。

「それで展示会になってさ、大勢の人がきみの写真を見るんだ」

「それはちょっと恥ずかしいです」

「きみを不滅の女性にするよ」

「不滅の、女性？」

「映画に出てきたシェイクスピアの台詞で。作品のモデルになった女性はずっと残る、不滅になるって、そういう意味で」

陽ちゃんの肩に手を置く。と、自分の胸が思いがけず跳ねて、冷静になる。

「するよ」

彼女の、夜に似た瞳に浮かぶ光が揺れた。

吸い込まれそうな気がして、ぼくはさりげなく手を離す。


帰り、玄関まで送ってくれた陽ちゃんが何か言いたげにそわそわしている。

「どうしたの？」

「仁さん」

声が重なって、お互い苦笑いする。

「なに？」

改めて聞くと、陽ちゃんはスカートのポケットからスマホを出し、両手でぎこちなく胸の前に掲げた。

「よろしければ、あの、これの交換を……お願いできますか？」

示してきたのは、トークアプリのアカウント。

驚き、すぐにどうすべきか迷う。だって、こういうのは彼女の病気を考えるとかなり危険なんじゃないか。

「大丈夫です、連絡には使いません……交換するだけです」

彼女もやっぱりわかっていた。

連絡には使わないけど、交換しておきたい。その感覚はなんとなく、わかる気がした。

「いいよ」

ぼくもスマホを取り出し、交換した。

画面に彼女のアカウントが追加されたと表示されたとき、ちょっと特別なものがスマホの中に入った感じがした。

彼女が自分のスマホを確認して、それを胸に押しあてる。

「じゃあ、また」

「あの」

「なに？」

陽ちゃんは何も言わずに見上げてくる。さっきと同じ、きらきらと光る瞳で。

「今度、星の写真見せてくださいね」

「ああ」

「きっと」

「うん」

ぼくはもう一度じゃあと言って、別れた。

少し肌寒い夜の住宅街。見慣れた道を歩きながら、彼女の家から遠ざかっていく。

そのとき、胸にわずかな窮屈さを覚える。

経験的に、せつないという気持ちだとわかったけど、強く溜息をついて紛らわせた。

だってぼくには好きな人がいるから。

他にもっと大きな理由がある感触が心の奥にあったけど、きっと見たくないものだったから、目を逸らして蓋をした。

8

あまり眠れなかった。

いよいよプロカメラマンとして初仕事の日。

夜どおし寝返りを打った布団を出て、昨日のうちに買っておいた果物とヨーグルト——この組み合わせが脳を活性化させるらしい——とか、いつもより気合いを入れた朝食をとり、同じく昨夜のうちにまとめておいたリュックの中身を確認して、出発した。

現場は、世田谷の祖師谷公園とその周辺。

今日まで何度も下見をして撮影時間の光線の具合とか、どこで撮ろうとか、できうる限りの準備をしてきた。

土曜日の早朝、小田急線の車内は比較的空いている。母子連れと、部活のジャージ組、休日出勤らしきサラリーマン。この中の誰も、ぼくが特別な日を迎えていることを知らない。でもそれはみんな同じで、普段なにげなくすれ違っている人たちの中に、今日は特別な日なんだって人はたくさんいるんだろう。

そんなことを思いながら、最寄り駅に着いた。


ホームに降りてから余った時間をコンビニで潰しているあいだ、心拍数がずっと高めで、股がむずむずしたりした。

公園の待ち合わせ場所に向かうとさらにどきどきして、先着しているスタッフとロケバスが見えた瞬間がピークだった。

「おはようございます、今日はよろしくお願いします」

編集の塚田さんをはじめ、みんなに挨拶する。

一度始まると、心臓は収まった。バイトで何度も見てきたシチュエーションだと、冷静に認識した。

ロケバスから読者モデルが出てきて、場が華やかになる。

まわりの人は引き続きリラックスしてるけど、ぼくは本番が近づいてきたって実感がして、にわかにまた緊張してきた。

「よろしくお願いします」

読モの子たちが挨拶してきた。

大学生から高校生の三人。一番年下に見える子が飛び抜けてかわいかった。なんというか、雰囲気があった。

「じゃあ」

と、塚田さんが開始の声をかけた。

カメラをホールドすると、全員の視線がすぅっと集まる。

突然、空気が薄くなった錯覚がした。

急に一人になった感じというか、足場のない危険な場所に立たされている心地というか。

バイトのときとは全然違う。アシスタントをしているときは誰もぼくに注目なんかしなかった。その他大勢だった。

でも今はカメラマンとして指示を出し、みんなが見ている前で結果を出さないといけない。その扱いと責任の差をひしひしと感じた。

「じゃあ、あそこに移動します」

あらかじめ決めておいたポイントに誘導する。重ねた準備のおかげで、なんとか踏み出せた。モデルへの指示も、陽ちゃんで何度もやっている。いけるはずだ。

撮影は滞りなく進み、衣装替えの待ち時間になった。

他のスタッフが各々時間を過ごす中、ぼくは一人で焦っていた。

──全然駄目だ。

川沿いの柵にもたれながら、撮ったものをカメラの液晶で見返している。自分の顔面の皮膚が硬くなっていくのがわかる。

どれも全然、よくない。

塚田さんの反応は悪くはなかった。うん、いいんじゃないですか。そんな感じだ。

でも自分ではまったく納得できない。

最近、自分の撮った写真を自分でいいと思えるようになってきていた。たまに「俺って天才なんじゃないか？」とうぬぼれるタイミングがあるぐらい、何かをつかめてきている感触があった。

それが今日は、驚くほど、ぱっとしない。

緊張して調子が出せないのだろうか。

どうする。

「大丈夫？」

振り向くと、一番かわいいと思った読モの子がいた。いち早く準備がすんだらしい。

「え、あ——はい」

「かたい」

彼女はけらっと笑い、

「それ、見ていい？」

タメ口で聞いてきた。それが成立する、得なタイプの子だった。

ぼくから受け取ったカメラで何枚か画像を前後させ、

「なんだ。普通」

「え？」

「すごい怖い顔で見てたから、なんかあったのかなって」

驚くぼくに、彼女はちらりと白い歯を見せる。

「まわりは気にしてないから、大丈夫だよ」

昔、卒業旅行でエジプトに行ったとき、暑くても空気がさらりとしていて案外過ごしやすかったことが印象に残っている。彼女と話しているときの肌ざわりはそれに近かった。

「自分で納得できなくて」

「あー」

わかる、という相づちを彼女がした。

「わたしも自分の写り不満なときあるけど、まわりは『いや、いいと思うけど』って言うんだよね」

「そう。その感じだと思う」

「意外と人って、自分ほど気にしないっていうか」

「うん」

「だからいいんじゃないかな、あんま細かいといいことないよ？」

「…………」

「こだわり」

彼女が苦笑した。ぼくも同じようにする。

「実は今日、初仕事なんだ。だから緊張してる部分があって」

「え、今日デビューってこと？」

「うん、まあ」

「あーじゃあ今日のこと忘れないね。記念だし」

「きみは咲坂日菜さん、だよね」

「すごい、フルネーム」

「書類、何回も見たから。この名前もずっと忘れないと思うよ」

するとと咲坂さんはふいを突かれた感じで瞬きしたあと、弾むように笑顔になった。

その表情が、陽ちゃんに似てると思った。

「なに？」

「いや」

「惚れた？」

「惚れてない」

咲坂さんが手を叩いて、

「そういうのあった方がいい写真撮れるんじゃないの。思い入れ？　みたいな」

そのとき、ロケバスからあとの二人が出てきた。再開が近い。

「じゃね」

ぼくの肩をばしんと叩き、彼女が仲間に合流しに行こうとする。と、

「あ、そうだ。名前は？　カメラマンさんの」

「須和仁」

「須和さん、このあともよろしく！」

さっと手を振り、歩いていった。

彼女の後ろ姿と、その先にある現場を眺める。自分も行かないと。

迫る時間を自覚したとき、ふと思い立った。

——そうだ、この景色撮って、陽ちゃんに見せてあげよう。

カメラを構え、ファインダーを覗き、収める構図が決まろうとした瞬間。

頭の中が澄み渡った。

シャッターを切る。そのまま、ある確信を持って画面を……見る。

いつもの感じで撮れていた。

全身がしびれる。これまであいまいだった、自分がうまくいくときのやり方――コツが、はっきりと、わかった。

陽に温められた川のにおいがする公園の片隅、初仕事の待ち時間の終わり間際に、ぼくは自分の中の革命を迎えた。

――そうだったんだ。

ぼくの写真が変わったのは。

人からいいって言われて、自分でもそう感じるようになったのは。

陽ちゃんのためにって思いながら撮り始めてからなんだ。

9

買ってきた雑誌を、部屋の座卓に並べた。

店を三軒回って、一冊ずつ買った。中身は全部同じ。

ぼくの初仕事の写真が載った今月号の『Ａｎｇｅ』。

紙袋を破って雑誌を取り出し、つやつやとした表紙を眺める。そして、ぼくの写真のページを開いた。

にやける。

実は出版社からすでに見本誌をもらって何度も見ているのだけど、それが本屋やコンビニに並んでいるところを見ると、正直、ものすごくテンションが上がった。

——明日。

これを明日、陽ちゃんに持っていこう。

会う日だった。見せたらきっと喜んでくれる。一緒に見るときの気分が想像できて、楽しみでたまらなくなる。

そのとき、スマホが着信に震えて、びくっとなった。

画面表示は『Ange編集部』。すごいタイミングだ。

『お世話になっております、Ange編集部の塚田です』

「お、お世話になってます」

編集さんとの電話は、まだちょっと緊張する。

『おかげさまで今月号、無事発売できました！　ありがとうございます』

「いえ、こちらこそ。ちょうど本屋で買ったとこです。知り合いに配りたくて」

『えっ、そうなんですか？　仰って頂けたらお送りしましたのに』

塚田さんの態度が微妙に変わった気がする。元々ぞんざいだったわけじゃないけど、丁重になったというか。

『須和さんの写真、編集部でもすごく好評で』

「あ、ほんとですか……」

褒められ慣れてないせいで、うまく対応できない。

『それでですね、実は』

塚田さんの声が弾む。

『再来月の特集の一つを、ぜひ須和さんにやって頂きたい！　と編集長が言ってまして』

えっ。

「特集ページ……ですか？」

『はい。正直言って、二回目でなかなかないことです』

それはぼくにもわかった。ぺーぺーの新人に振られる仕事じゃない。

「…………」

雑誌の編集長に認められて、大きな仕事に抜擢（ばってき）される——あまりのことに心がびっくりして麻痺していた。けど事実はたしかに受け止めていて、奥にはたしかな喜びと達成感がうずまいていた。

「やります、お願いします」

それから打ち合わせの日取りを決めて、通話を切った。

「……っ」

嬉しさがあふれて、膝をぱんぱん叩く。

立ち上がって、狭い部屋を意味もなくうろうろしながらスマホを操作した。

画面をカレンダーに切り替え、スケジュールを入力する。「15：00　Ange特集打ち合わせ」。その日に、予定ありを示すマークが表示された。

同じ週に、別の予定マークがある。他の雑誌の撮影だった。

あれからいくつかの出版社にポートフォリオを持ち込んだら、その全部で仕事が決まった。今までどこも通らなかったのが嘘みたいに、立て続けに。

さっきの編集長の件といい、自分の流れが変わってきているんじゃないかって感じた。

それはやっぱり、陽ちゃんのおかげだと思う。彼女はぼくにとっての、幸運の女神だった。

そのとき、着信。タイミングよく、江藤さんだった。今日はこういう日なんだろうか。

『ただいま、お時間よろしいでしょうか？』

「はい、なんですか？」

『実は、明日の約束をキャンセルさせて頂きたいのです』

その声の低い質感に、嫌な予感がした。

『陽様の体調が悪化してしまい……しばらくの間、お会いできなくなります』

心臓がべこりと窪む。

『症状の一環です』

あまりご心配なく、という響きだった。

『陽様のご病気は、よい時期と悪い時期を交互に繰り返す性質のものなのです。これまではよい時期が続いておりました』

それが終わって、悪い時期に入ったということだ。

「悪いって、どれぐらい悪くなるんですか」

『適切に対処すれば別状ありません。ただ熱や怠さが出ますので、人と会うことは難しくなります』

「……そうですか」

『体調が回復されましたら、ご連絡差し上げます』

「はい……陽ちゃんによろしく伝えてください」

通話が切れた。

ふと座卓の上を見ると、雑誌のページが閉じて裏表紙になっていた。

細いため息をつく。

……当たり前になっていた。

一度発作を見ただけで、それ以外は普通に話したり、ふざけたり、ご飯を食べたりしていたから病気なんだっていう意識がすっかり遠くになってしまっていた。

でもあれは、ぜんぜん当たり前のことじゃなかったんだ。

スマホを立ち上げ、トークアプリを開く。

陽ちゃんのアカウント画面。アイコンとホーム画像はどちらも、ぼくの撮った風景の写真だった。

「…………」

最後にぼくは、明日の予定をタップする。

『14：00　陽ちゃん』

「…………」

それを、消した。

3.彼女の恋

1

「車、曲がりまーす」

戸根さんたちに、車の進入をしらせる。

朝の交差点、久しぶりに晴れた日を喜ぶようにアブラゼミが鳴いている。

今日が、バイトの最後の日だった。

「歩行者通りまーす」

はき慣れたベージュのカーゴパンツ、腰にぶら下げたテープ（パーマセル）。

約一ヶ月ぶりのバイトはそういうものが久しぶりだって感触を持たせたけど、いざ仕事に入るとまだ変わらずに動けた。そんな時期なんだと思う。

戸根さんたちがノートパソコンで写真のチェックに入る。

先日事務所に行って辞めることを伝えた。

「お世話になりました」と深々頭を下げると、戸根さんはちょっとやりにくそうに「おう」と応えて、

「仕事の方は心配してないけど、礼儀とかはきちっとしろよ」

ぼくはますます頭を低くした。

「仁さん」

ぼんやり思い返していたぼくに、後輩の男が話しかけてくる。

「今日めっちゃ晴れましたね」

「そうだな」

「ここんとこずっと雨だったのに、やっぱ仁さん持ってますねー」

元々チャラめの奴だけど、そう言う顔にはこれまでになかった媚びるニュアンスがあった。

「俺は関係ないだろ」

なんて談笑しつつ、こいつとはもう会わないんだろうなと思った。

バイトを辞めるときってこんな感じだ。話してるノリは変わらないまま、あっさりと関係が終わる。

「須和さん」

今度は雑誌の編集さんが話しかけてきた。

「Ａｎｇｅの特集、見ました。すごくよかったです」

「あ。ありがとうございます」

「いま本当にあちこちでお仕事されてますよね」

そうなのだ。あれ以降仕事が途切れなくなり、雑誌が発売されていくにつれ、他からもどんどん声がかかるようになってきた。加瀬によると「あいつ使ってみよう」というお試しラッシュだろうとのことだった。

ここが頑張りどころだ――。自分でもそれがわかって、どんどん仕事を受けていた。

「今度、ぜひうちでもお願いします」

「ああ、ぜひ」

「須和先生に依頼するなら俺を通してもらわないとー」

戸根さんが冗談で入ってきて、編集さんが「お願いしまーす」とノリよく応える。そのとき、戸根さんに日よけをかざしているなつきちゃんと目が合った。いつものように愛嬌たっぷりに笑って、手を振ってくる。

なんだろう。

振り返したとき、前ほどに胸が弾まなくなっている自分に気がついた。

今日の撮影が終わり、スタジオの用具置きで後片付けをしている。

最後に一人でやらせてほしいと頼んだから、ぼくしかいない。

手を動かしながらこれが最後なんだと感慨に浸ろうとするけど、まだ実感が薄くてうまくいかない。カメラを持ってきてるから、撮っておこう。

ほどなく、作業が終わった。

これから戸根さんがみんなを集めて送別会をしてくれる。

「…………」

学生の頃、ここを辞めるときはコンクールで受賞して「作家として一本立ちするんで」とかっこよく去る形をイメージしていた。それとは違う結果になったけど、

――まあ、これも悪くないよな。

と思った。

「ジンさん」

なつきちゃんが入ってくる。

「戸根さん『あと二〇分待って』だそうです」

「わかった」

「そうだ、Ａｎｇｅの特集、わたしも見ました」

言いながら、隣に来る。

「すっごいよかったです！　モデルがきらきらしてるっていうか、すごい人の写真って同じように撮っててもその人の感じが出るじゃないですか？　それ、出てました！」

こういう感想を聞くと、やっぱりなつきちゃんは写真が好きなんだなと感じる。

見上げてくる目力が強い。これまでになかった尊敬の光だった。

「ありがとう」

返しながら、穏やかだな、と自分で思う。前ならもっと舞い上がってたんじゃないだろうか。

気のせいか、なつきちゃんが一瞬、ん？　というふうな間を置いて、

「あの、時間あるし、わたし撮ってみてくれませんか？」

「え？」

「もちろんモデルみたいになるなんて思ってませんけど、今日最後だし、ジンさんに

撮ってもらうのって貴重かもなんで……お願いしますっ！」

　手を合わせてくる。

「いいよ」

　ぼくはリュックを引き寄せ、持ってきていたカメラを取り出す。

「あ、５Ｄ」

「うん、買ったんだ」

　学生時代から使っていたキヤノン７Ｄの上位機。三〇万円以上するからずっと手が出せずにきたけど。

「ついにですねー」

「仕事で７Ｄはちょっと厳しいから」

　言いながらレンズを取り付ける。これも新しく買ったやつだ。

　５０㎜の単焦点。光がたくさん入って人物をより綺麗に撮れる。

「じゃあ撮ろうか」

　カメラを手に向き直ると、なつきちゃんが戸惑うそぶりをして、それから小さく吹き出すように笑った。

「なに？」

「なんか堂々としてるなぁって」

「そう？　あ、あのへんに立って」

部屋の光線を割り出し、場所を指示した。

カメラを構え、ファインダー越しになつきちゃんをとらえる。５０㎜のレンズは人の目に一番近いと言われるだけあって、背景とのバランスや焦点の当たり方がとても自然だ。

「キメ顔してみて」

「キメ顔？」

「自撮りとかするときの。あるじゃん」

なつきちゃんは「えー」と言いつつも、きっちり慣れた表情を作った。

「おお、めっちゃかわいいね」

それを認めることで表情がふっとほどけ、同時に瞳がいきいきとなる。

――ここだ。

シャッターボタンを押す瞬間――この新しいカメラとレンズで早く陽(はる)ちゃんを撮り

たいなという願いがよぎった。会わなくなってからもう、二ヶ月が経っている。

撮ったものを液晶で確認しつつ、軽く画像を調整する。我ながらいい感じで撮れたと思う。

「どうです？」

「うん、こんな感じ」

見せたとたん、なつきちゃんの口許が反射的に笑みになり、瞳が輝く。

瞬きもしないで、液晶に映る自分の姿をみつめている。それは感想を聞くまでもないリアクションで、素直に嬉しかった。

「そろそろ戸根さん来るかも。行こう」

「あのっ、ジンさん」

振り向くと、なつきちゃんが妙におどおどというか、かしこまった仕草をしてぼくを見上げてくる。

「あとでＬＩＮＥでデータ送ってもらっていいですか？」

もちろん、と応えると、なつきちゃんは見たことのない乙女っぽい笑みを浮かべた。

＊　＊　＊

幸村陽は、今すぐ死んでしまいたいと思った。

全身の絶え間ない熱と怠さ。

濁ったお湯を吸ってぶよぶよに膨れた布袋にでもなってしまった感覚。一日中ベッドに横たわったまま何もできない。

苦しい。

体調が悪い時期は、こんな毎日だ。

気の遠くなるほどゆっくり流れる時間。苦行。生きている限り、この期間が繰り返し訪れる。

あと何十回？

寿命があと一〇年続けば、二〇年続けば、それだけたくさん、何十回も、もしかしたら一〇〇回以上……そう考えたとき、衝動がよぎる。

今すぐ死んでしまいたい、と。

それを頭を振って追いやり、熱にうだる息をつく。

ノックが響き、ドアが開いた。

女性の使用人、藤井がワゴンカーを押して入ってくる。

「陽様、昼食をお持ちいたしました」

陽が緩慢に振り仰ぐと、プロらしい抑えのきいた態度で聞いてきた。

「召し上がれますか？」

ぜんぜん食べたくない。

それが顔に出たのだろう。彼女が下がる気配をにじませる。

「……少しだけ」

陽は言った。

「少しだけ、頂きます」

せっかく作ってもらったのだからという気遣いはもちろんある。けれどそれよりもっと、早く元気になりたい、という思いがあった。

そうしないと、彼に会えないから。

陽はがんばって体を起こす。藤井がベッドにサイドテーブルを据え、食膳を置いた。

見た目に工夫が凝らされた、薄い味つけの料理。

なんとか半分くらい、食べた。

「果物もほんの一口だけ召し上がりませんか。今年初めての梨が出ていたので」

つい先日まで桃やスイカだったのに。

「今日は何日ですか？」

「九月の三日です」

「……言われてみれば、セミの声を聞かなくなっていました」

彼と最後に会ってから、三ヶ月が経ってしまった。

「陽様」

「はい」

藤井が付箋を貼った雑誌を掲げる。

「須和様のお写真がまた載っていましたよ」

陽はつとめて明るい反応を作る。

「ありがとうございます。あとでゆっくり見ます」

「こちらに置いておきますね」

藤井が雑誌を置いたそばに、プレゼント用のラッピングがされた大きめの箱がある。

「先生が、検査の結果からそろそろ体調が戻ってくるはずだと」

「ええ、伺ってます」

「このカメラもようやくお渡しできますね」

彼女が珍しく、微かな笑みを浮かべてみせた。

陽は、はにかむ。

あの箱の中身は、彼のデビュー祝いに用意したカメラだ。

江藤によるとキヤノン5Dという、彼の持っているものの上位機らしい。値は張るが、プロも多く使っているよいカメラなのだと。

だから、彼から初めて仕事が取れたと聞いたとき何かしたいと思って、これにした。

そのあと体調が悪くなってずっと渡せずにいたけれど……。

――いきなり渡したらびっくりするかな。

いつか彼にしてもらったサプライズのお返しをしたい。そのときの想像をわくわくと膨らませることを、今日までのつらい時間の支えにしてきたのだった。

カメラの箱にまなざしを置いたまま、ぼうっと仁のことを考えている。と、

「須和様に早く会いたいですね」

藤井が言う。

陽は見透かされている気がして、顔が熱くなった。

「そうですね」

つとめて冷静に応えながらフォークを手にする。

滑って、落とした。

その余韻がいつまでも部屋に響いているような錯覚が、陽はした。


藤井がしずしずと食事を下げて出ていったあと、陽は置かれた雑誌の表紙をみつめる。

「…………」

見たい気持ちと、見たくない気持ち。いつもの葛藤が生まれる。

でも結局手を伸ばし、雑誌のページを開く。

一ページ全体の写真。碧く澄んだ浜辺で有名そうなモデルが弾けるように笑っていた。

藤井が雑誌を持ってきてくれるようになったのは先月からだけど、それでも彼の成功の勢いはひしひしと伝わってきた。

陽にとってはなんだか誇らしくて、彼の写真は彼の写真だとすぐにわかるものがあって見ると嬉しくなる。クレジットの『撮影：須和仁』という文字はちょっと遠くになってしまったような寂しさがよぎりつつも、存在を感じられ心が温められる。

けれど——

胸の中に一瞬、酸っぱいものが満ちた。

外。どこか南の白い砂浜で、見とれるほどかわいいモデル。彼女が魅力的に躍動した写真はつまり、カメラを持つ彼のまなざしで……

「…っ！」

醜いものがじゅわっと溢れそうになり、蓋をするように掛け布団を顔に押しつけた。

いま感じているものの言語化を必死に拒む。目を逸らす。

だめだ。こんなストレスを受け止めてしまったら、また発作が出てしまう——。

陽は懸命に心をコントロールした。

夕方になると、急に体調がよくなった。

わかる。

悪い周期が終わったのだ。

すーっと体の中に涼しい風が吹くような解放感。健康ではないけど健康のありがたみを感じる。

心が浮き立ち、できなかった何かをしたくなる。

いつもならそれは美味しいものをたくさん食べたり、映画を観たり、久しぶりに趣味の手芸でもやってみようかということだった。

でも今の陽はそのどれも選ばず、廊下の窓から外の景色をみつめている。

出られなくなってから、そうしたいと思ったことはない。

学校に行けなくなったのは、中学の修学旅行の初日だった。

症状が重くなってきたあせりから、私は普通なんだと意地になって無理に参加した。

いや、自分よりも、両親が意地になっていたと思う。学校に対して怒ったような態度で頼み込んでいたのを覚えている。

そして当日……発作という爆弾を抱えた自分を疎んじる目、心配する目、それらを過剰に意識してしまい、行きのバスという逃げ場のない閉鎖空間で破綻し、激しい発作を起こした。そのせいで旅行のスケジュールは大幅に遅れ、学年全員に迷惑をかけてしまった。

学校だけでなく、外に一切出られなくなったのも、それからすぐだ。

町で客がぜんぜん入っていない店を見ると大丈夫かなと胸が痛み、電車の中で声や話し方が苦手な人がいて、間違えた道を人前で引き返すのが恥ずかしかったり、そうするうち「ここで発作が起きたらどうしよう」と不安になって、恐怖になって、外のどこにも逃げ場がないと認識してしまって、溺れるように息が苦しくなった。救急車を呼ばれて、運ばれた。

だからもう、外に出たいと思わなくなった。

諦め、一生家の中にいて歳を取り、死んでいくのだと覚悟した。そしてときおり思い出したように窓から外を眺める。

彼に初めて撮られたのは、そんな時だった。

――あそこに立ってた。

今でも目に浮かぶ。十字路のあそこ。

陽はそっとカーテンを閉じ、廊下を歩き、階段を下りた。

いけるんじゃないか。

――外に出られるんじゃ……？

根拠もなく、そんな予感が芽生えていた。

玄関に立つ。

ふと、記憶がフラッシュバックした。

最後に見送った彼のうしろすがた。あの日は一緒に夕食をとり、勇気を出してアプリのアカウントを交換した。星の写真を撮りにいった話をしてもらって、それを見せてほしいと約束した。いま思うと、夢のように楽しい日だった。

そして彼は、あのドアの向こうへ。

「…………」

陽は下駄箱を開けた。

ずいぶん長いこと履いてなかった靴が、光に当たり微かに息をしたようだった。

それを指先に引っかけ、土間に置いて、シンデレラのような緩やかさで、履く。
足の裏に、久しぶりの靴底の感触。
とくん、と、心臓がちょっといやな感じで跳ねたけど。
——大丈夫。
立ち上がった。とたん、踵からじわあっと痺れのようなものが頭の天辺まで伝わる。
陽はドアに向かって足を踏み出す。
カツン、
　カツン、
　　カツン。
ドアノブを握る。手のひらに久しぶりの形。
呼吸が加速する。肺の中が薄くなり、動悸が高まる。
でも。
だめって、ほどじゃない。
「…………」
——外に出たい。

強く想った。

仁さんに会いたい。

そして一緒に、写真で見せてもらった景色を歩きたい。

ドアを、開けた。

隙間から夕陽が入り込んでくる。

ずっと家の空気に浸っていた鼻が、外のにおいを敏感に捉える。

開ききった。

よく知っている、とても懐かしい視界。

皮膚に感じる空間の肌ざわりが違う。

広い。

どこまでもある。認識がずっとずっと先まで行って霧消していく感じ。家の中はやっぱり狭いのだと実感した。

——大丈夫。

口許に笑みが浮かぶのがわかる。ぜんぜんいける。さらに前へ。

ガチャン

後ろでドアが閉じた。

とたん――感覚が一変した。

いきなり水中深くに沈んだ。

でも息はできる。水そのものではなく、半透明にした水の質感（レイヤー）とでもいうのか。それが秒単位で濃くなって息が苦しくなっていく。圧迫されていく。

久しぶりと感じた景色が、過去の嫌な記憶と結びついていく。

広い空間が、帰る海岸を見失った沖のように怖ろしい。

目を閉じると、少し楽になった。

――でもだめ。

それではだめだ。意味がない。

目を開ける。

耐えようとする。

でも。

そんなストレスでまた発作が起きると思い出す。

すると、もう。

「――っ」

ドアを開け、中に逃げ込んだ。

「……はッ…、……ハッ……」

切羽詰まった息が、密閉された玄関に響く。

瞳の奥が痛み、じわりと水がにじむ。まぶたを閉じて蓋をした。

両手の指で、髪を乱した。

号泣した。

2

三ヶ月ぶりに来た陽ちゃんの家は、ドアのまわりの鉢植えがいくつか違う花に置き換わっていた。

「お久しぶりです、仁さん」

変わらない、やわらかい微笑み。

ぼくはつい、じっとみつめてしまう。

椅子に座る彼女は、ちょっと痩せただろうか。いや、単に大人っぽくなっただけかもしれない。この年頃の女の子はあっというまに変わっていく。

「体調はどう？」

「はい、ご心配をおかけしました」

彼女は目を細める愛想笑いをしてから、

「雑誌、拝見してます」

「えっ、そうなの？」

「藤井さんが持ってきてくださって……ご活躍ですね」

「いや……」

と謙遜しようとして、彼女にすべきことはそうじゃないと思い直す。

「仕事、最近うまくいきだしたんだ」

そう。

「陽ちゃんの写真を入れてからポートフォリオ、すごく通るようになって。行くとこ行くとこで仕事がもらえて」

やったよ、と感謝を伝えることだ。

彼女のあの表情が微かに浮かんで、久しぶりだなと思った。

「あ、そう、それでカメラも新しいやつ買ったんだ。ずっとほしかったやつ」

リュックから5Dを取り出し、陽ちゃんに見せる。

「これ、前の三倍くらい高いけど、プロ用のいいやつでさ。自分の金で買えるようになったとか、買う必要ができたってのがすごく感慨深くて」

そのとき、陽ちゃんが驚いたような顔をしていることに気づいた。

「なに？」

聞くと、彼女は植物がゆっくりと形を変えていくような自然さで微笑みに戻る。

「いえ」

さらに笑みを深くして、

「よかったですね」

ぼくはほんの少しの違和感を覚えたけど、その正体をつかめない。それが不安になって、埋めたいと思った。

「なんかさ、お礼がしたいんだけど」

陽ちゃんは言葉の意味がわからないというふうに顎を傾ける。

「陽ちゃんにだよ」

「えっ、なんでですか、いいですいいです」

「陽ちゃんのおかげなんだから。陽ちゃんがモデルになってくれたからだし、それに……」

それに、ぼくの写真が認められるようになったのは、きみのために って思いながら撮るようになったからなんだ。

続けるその言葉が、どうしてか胸のところでつっかえてしまった。なんでだろう。

これまでずっと言えてたようなことなのに。

「……とにかく、なんかお礼がしたいんだよ。ぼくにできること、写真でもそうじゃなくても、なんでもいいから言ってみてよ」

陽ちゃんは困ったふうに宙を仰ぐ。

「何かしたいこと、ない？」

それをあわただしく探していた彼女が、ぽつりとつぶやく。

「……星が見たいです」

「え？」

と聞き返したのと同時に、彼女が両手で口を押さえる。

「ええと……その……そうではなくて……」

何をそんなにあせっているんだろう。

星？　星って……——あ。

「そっか、前に約束したよな。高校のとき撮った写真、ここで映すって。そうだ、ごめん、うっかりしてた」

腑に落ちた。陽ちゃんがこんなにあせったのは、忘れていたぼくを責める形になるからだ。

「次は絶対、持ってくるから。スマホにメモっとく」

それを入力し終えた頃には、彼女は落ち着きを取り戻していた。

「代わりといったらなんだけど、仕事であちこち綺麗なとこ行ってさ、そこの景色、撮ってきた」

ぼくはカメラを起動し、再生モードにした。液晶が前のカメラよりはるかに綺麗だから、ぜひそれを見せたかった。

「楽しみです」

「言っとくけど、すごいよ」

ぼくは彼女の顔を見ないまま、ダイヤルを回して過去の写真に戻していく。

するとちょっと戻しすぎて、なつきちゃんの写真になった。バイトの送別会の前に撮ってくださいと言われたやつだ。

ダイヤルで前に送ろうとしたとき、

「どなたですか？」

陽ちゃんが聞いてくる。

「バイトの後輩。——元後輩かな。バイト辞めたから」

相づちがなかった。

その間隔がちょっと妙で、ぼくはちらりと隣を見る。

液晶をみつめる彼女の表情は、特に変わったところがないように映った。

「かわいい方ですね」

「うん、まあ」

薄れた気はするとはいえ、好きな子だ。なにげないふりをしつつ、にじんでくるものを抑え込む。べつに言ってもいいじゃん、とは思うんだけど。

「すごい愛嬌があってさ。動きとか面白くて、楽しい子」

「好きなんですか」

「え？」

振り向くと、彼女のまなざしとぶつかった。

端整な瞳が一ミリのずれもないというふうに、かちりとぼくを捉えている。

とっさに何も返せないぼくの奥底から、素早く何かをみつけたふうになる。

ぼくが何か言おうとしたとき——陽ちゃんの顔が、はっきりわかるほど赤く染まった。

　いきなり立ち上がる。

「え」

　とぼくが声を洩らす間に背中を向け、後ろの壁に向かって歩いていく。

「陽ちゃ――」

「すみません」

　両手で顔を覆って言う。

「今日はもう、お帰りくださいませんか」

　ひどく切迫した声だった。ぼくは発作が心配になって、

「大丈――」

「お願いします」

　遮られる。

　急な嵐で窓を閉じたような、そんな印象の背中だった。

3

なつきちゃんからメッセージが入っていた。

現場に向かう電車で返信を打つ。

最近、なつきちゃんからちょくちょく送ってくれるようになっていた。バイトのことか、食べたものの写真とか、わりとなんでもないようなことを。メッセージもリアルと同じで、ころころ軽快でかわいい。

よく電車の中でスマホを打ちながらにやけてる人がいるけど、ぼくもまさに今、そうなっているんだろう。

今回の内容は、もうじき始まる写真展についてだった。それに対して「面白そうだね」と返すと、

『じゃあ一緒に行きませんか!?』

『予定合わせますんで！』

——なつきちゃんと写真展か。

『いいね』

『ちょっと待って』

と返し、カバンからシステム手帳を取り出す。仕事が増えるにつれ電話しながらスケジュールを確認することが増え、スマホの機能ではまかなえなくなった。

そのとき、スマホの画面がメールの着信をしらせる。——江藤さんからだ。

次の予定をキャンセルさせてほしい、という内容だった。

いてもたってもいられなくなる。ちょうど電車が駅に着いて扉が開く。途中の駅だったけど、降りた。

電話をかける。

「須和です、いま大丈夫ですか？」

『はい』

「メール見ました。陽ちゃんの具合、また悪くなったんですか？」

わずかな間があった。

『そう仰っています』

濁した言い方。

『検査では、別状はないとのことです』

「…………」

脳裏に、前の別れ際がよぎる。

「……陽ちゃん、何か言ってませんでしたか？」

『――お心当たりが？』

「あ、いえ……」

正直どうしてああなったのか、いまだにわからない。

悩むぼくと、真意を測ろうとする江藤さんの沈黙が流れた。

『またご連絡差し上げます』

「よろしくお願いします」

通話を切ると、ホームに急行が通過するというアナウンスが鳴る。

電車がごうっと重い金属音を轟かせて過ぎていくのを眺めていたとき、なつきちゃんへの返信を忘れていたことを思い出し、あわててアプリを開いた。

4

スタジオの出口で、花木とばったり会った。

数人のスタッフとたむろっているところで、お互いに「おお」と驚いたリアクションで声をかけ合う。

「これから?」

「いや、上がり」

花木が言う。ぼくもそうだから、

「じゃあ別フロアで同時に撮ってたってことか」

「だね」

雑誌とかでよく使われる写真撮影用のスタジオだった。

「そっか、こういうこともあるよな。……元気か?」

「うん」

「花木さん、お知り合いですか?」

スタッフの一人が聞いてくる。

「はい、友達の須和です。僕と同じカメラマンの」

すると別のスタッフが「あー」という反応をし、

「Ａｎｇｅの特集の方ですよね？　初めまして」

にこやかに名刺を差し出してくる。

「ああ、どうも」

こういうことにもだいぶ慣れてきた。

それから全員と名刺交換をして、花木とは同じ専門学校でそのときからの付き合いだとか、そういう話をした。すると、

「じゃあ……我々はこれで」

スタッフたちが気を利かせたふうに切り出し、ぼくたちを残して去っていった。

「…………」

別にどうこうするつもりもなかったのに、そうされたことが逆にプレッシャーになって、

「……なんか食ってく？」

と誘う。

「あんまりお腹空いてない」

花木はこういう奴だ。

午後四時。たしかにメシの時間ではないけど。

「じゃあ……とりあえず駅まで一緒に」

「うん」

ぼくたちは渋谷の住宅街を歩き始める。

九月も半ばが過ぎた。まだまだ明るくて気温も高いけど、陽差しがもう夏のそれじゃない。町並みの影のつき方や葉の鮮やかさが違う。

「仁、何撮ってたの？」

「ＣＤのジャケット。花木は？」

「百貨店のポスター」

「意外と商業の仕事、やるよな」

「頼まれればやるよ」

仕事の話をしながら歩く。

「仁の写真さ」

「――え？」

「あれからすごくよくなったよね」

ふいの褒め言葉に、とっさに反応できない。

「……見てるの？」

「うん」

さらりとうなずき、

「いいよ」

こいつらしい素直さで言った。

「……あ、ありがと」

あれから――同窓会の日にぼくの部屋でポートフォリオを見たときから。この五ヶ月くらいで、ずいぶんいろいろあったなと感じた。

そう、今だって普通に仕事の話をしていたけど、花木とこんなことをこんなふうに話すなんて、ちょっと前までは考えられないことだった。

「コンクールには出すの？」

振り向いたぼくに、

「あの女の子の写真。シリーズにしたらって加瀬と言ったやつ。できそう？」

「……ああ。出していいって言ってもらった。今、撮ってるとこ」

「よかった。絶対いけるよ」

嬉しそうだった。自分のことでもないのに、それが形になるということに興奮している。こいつのこういう純粋さやわだかまりのなさは才能だと思った。以前ならそんなとこにも引け目を感じていやな気持ちになったのに、今はなんだか、素直にそうなんだと捉えることができた。

だからだろう。

「なあ、花木」

「なに？」

「その写真、見てくれないか？」

ぼくは花木に、やっと頼むことができた。

「コンクールのアドバイスとか、ほしいんだ」

すると花木はメシでも行くかと誘ったときの一〇〇倍楽しそうな顔になった。

「いいよ。仁がよければ、今からでも」

「じゃあ、頼む」

濁っていたものがさっと洗い流された、とても清々しい気持ちだった。


花木が、ぼくのパソコンに向かいながらマウスでフォルダをダブルクリックする。

「一応、ある程度絞ってここに入れてあるんだけど」

これまで撮った陽ちゃんの写真は膨大な数だから、都度都度いいものをピックアップして日付ごとにフォルダ分けしていた。

花木は集中した横顔で写真を見ていく。

カチ、カチ、というクリック音が夕方のアパートに響いた。

目の前で自分の作品を見られるときの、そわそわとした石像になったとでも言うべき時間が、どれくらい過ぎただろう。

花木の手がふいに止まった。それから過去の写真に戻って何枚かチェックし、また最近の写真を表示する。——比較している。

花木がうなじに手をやり、座卓でもぞもぞしだす。

「……どうした？」

「あ……いや」

こいつにしては珍しく歯切れが悪い。いいとか駄目なら遠慮なく言うはずだ。そういえば学生時代もこんな素振りになることがたまにあった。あれはどういうときだったろう。

花木はまた閲覧に戻り……一通り、見終わった。

ぼくに振り向き、はっきり言う。

「ほぼ確実に賞は獲れると思う」

脳からドーパミンが出るのを感じた。

「いけるかな？」

「うん。ちゃんとまとめれば」

「時系列でいいかな」

「いいと思う。あと、僕なら説明文（キャプション）を練る」

「いるかな」

「なしでいきたい？」

「画だけでわからせたいっていうか……先入観を与えたくないのもある」

「わかるけど、ストーリーは大事だよ。背景がわかった瞬間に写真の見方ががらっと変わった経験、あるだろ？」

たしかに。

「特に彼女は持ってる背景がある。僕も見てて、状況を知りたいなって写真が何枚もあった。それをきちんと伝えるべきだよ。作品は人に伝わってこそだよ」

熱のこもった言葉。学生の時からこういうことを一貫して言ってたなと今さらながら思い出す……いや、理解する。

「……そうだな。——うん」

相談してよかったと、心から思った。

煤けたぺらぺらのカーテンから、夕暮れの青さがにじんできている。原チャが過ぎる音。今日のことは引越しを検討し始めたこの部屋の最後の思い出になるかもしれないと、ふと感じた。

「……でも、あと一つ何かほしい」

花木が言った。

「いや、このままでも賞は獲れる。それは間違いないと思う。ただ、なんとなくあと一つあれば……もっと……」

「……あと一つって？」

聞くと、花木は髪をぐしぐしとかき回す。目をつぶって、下を向いて、また髪を。

「……ごめん、忘れて」

「気になるよ」

それ以上は埒が明かず、話は終わってしまった。

「悪い、お茶も出してなかったな」

とは言いつつ、コンビニ頼りの一人暮らしで、常備している飲み物もない。

「駅行くついでに、ちょっとメシでも食うか？」

今は本当にそうしたい気分だから誘った。

「いいね」

花木も今は腹が減ったんだろう。

「仁」

出る支度をしていたとき、花木が呼びかけてきた。見ると、言いにくそうにそわそわしつつ、

「仁は……幸村さんと付き合ってるの？」

「え？　いや」

普通に答えると、花木がちょっと目を瞠って表情を止める。

「なんだよ？」

「ううん」

そのとき、着信が来た。なつきちゃんからだった。

悪い、と花木に断り、出る。

『あっ、すいませんいきなり！　ジンさんって今、どこにいますか？』

「どうしたの？」

「家」

『あっ、やった！』

「ん？」

『実はわたし今、横浜から東横で帰るとこなんですよ！　ジンさんって日吉でしたよ

ね？　もしお時間あったら、ごはんでもたかろうかなぁって』
「たかるのかよ」
『えーいいじゃないですかー売れっ子ー』
甘えてくる声につい、にやけてしまう。
横浜から東横線で都内に戻るとき日吉は通るし、近い。
視界に花木の姿を映しながら、ぼくは思い出す。
そうだ。ちょうどいい。

「『TUTU』と『夕月』、持ってます！」

なつきちゃんが、きらきらした目で花木に言う。

駅前のチェーン居酒屋。平日で時間も早いから、店内はだいぶ空いていた。

「どっちもすごく好きで、今でもたまに見ます！　ほわあ～って癒されるんですよお」

「ありがとう」

花木は言われ慣れている感じで無難に答えた。会話が途切れそうになる。もうちょっとなんか言ってやれよと思いつつ、

「中でどの写真がお気に入りとかある？」

なつきちゃんに振る。

「あ！　えーとですね……」

なつきちゃんがむむむ、と考え、

「うーん、どれも好きすぎて迷うなー！」

「いきなり言われても難しいか」

「そうなんですよ」

引き合わせた瞬間のテンションはすごかったけど、なつきちゃんも作品について延々語れるマニアじゃないし、花木も自分から広げていくタイプじゃないから、ほどなく場は落ち着いていく。

するとなつきちゃんは、ぼくに話しかけてくることが多くなった。

「ジンさん、写真展いつにしましょう？」

「ああ。来週の月曜か金曜なら」

「金曜がいいです！　わたしも休みなんで」

「じゃあそうしようか」

「はい！　わ〜楽しみだなあ」

座ったままぴょんぴょん跳ねる彼女に目を細めながら、マグロの刺身を食べる。

と、花木がじっとこっちをみつめていた。

「なに？」

「あ……」

顔を逸らし、さっきアパートで見たときと同じ、いや、それ以上に挙動不審になった。

「いや、なんでもない」

すげえ気になる。

追及したけど、最後まで「なんでもない」の一点張りだった。

5

『……陽様が、会いたくないと仰っています』

江藤さんの言葉が、金槌のようにぼくを打った。

現場帰りのロケバスの中。入ってきた再びのキャンセル連絡に折り返し、陽ちゃんの容態を聞いての彼の返答だった。

「……体は、大丈夫なんですよね？」

『少し崩しておられますが、人と会えないほどではありません』

なのに、ぼくとは会いたくない——。

額の毛穴が、ストレスに反応してちくちくしだす。

「……どうしてですか？」

『伺ったのですが……』

答えてくれなかったということだ。

——なんで。

嫌われた？　頭の中がパニックになる。

『失礼ですが、本当にお心当たりはございませんか？』

ぼくは何をしてしまったんだろう。

激しい戸惑いが電話を通して伝わったらしく、江藤さんは音のないため息の気配を返してきた。

『また何かありましたら、ご連絡差し上げます』

止めることもできず、ふつりと切れた。


布団に入り、アパートの天井を見上げていた。

久しぶりにゆっくり寝れる夜なのに、眠気がうまく訪れない。

あの日のことを、改めて思い出してみる。

写真を見せようとしたんだ。仕事で撮ったいろんなものを。新しいカメラの液晶で見せたくて、それで――ああ、ちょっとずれて、なつきちゃんの写真になった。そしたら陽ちゃんが「好きなんですか」って聞いてきて――

——。

何かに気づきかけ、考えることを中断した。嵐を見て窓を閉めるように。

電話がかかってきた。

仕事かと思ったら、加瀬だった。

『おう、今どこにいる？』

「……家だけど」

『じゃあちょっと、玄関のドア開けてみ？』

「は？」

『早く』

切れた。

「…………」

ろくでもない予感とともに、仕方なくのろのろと玄関へ行き、ドアを開けた。

「おーす！」

加瀬がにこやかに手を挙げていた。

そういうどうでもいいサプライズやめろよ。

「……なに？」

「お前いま絶賛、三角関係中らしいな！」

虚を突かれた。

「……は？」

「今日、花木に会って聞いたんだよ。上がっていいか？」

「あ、ちょ――」

加瀬の腕を取る。

「なんだよ三角関係って」

「いやだから。モデルになってる幸村さん？　と、バイトの後輩のなんとかちゃん」

で、お前。と指さしてきた。

「いや……」

笑いを張りつかせる。そうしながら、鼓動が速くなってきていた。

「なんでそうなるんだよ。なつきちゃんはともかく……」

「それはあると思ってたんだ」

……さすがに。

「花木は、陽ちゃんには会ってないんだから、わからな――」

「写真見たら一発って言ってたぞ」

「……え」

「つーわけで、オレも見たくなってさ。おじゃま」

今度は止められなかった。

ぼくの座椅子にどかっと座り、勝手にパソコンを立ち上げ、ぼくにフォルダを開けさせた。

加瀬は矢印キーを叩いて写真を進めていき、ふいに止めた。

「あー惚れてるわー」

その写真は、ぼくが戦場ヶ原に行った思い出話をしながら撮ったものだ。

加瀬が振り向いてくる。

「お前、ほんとわかんなかった？　もう、目が、そうじゃん」

「………仲良くなってきたな、とは」

つかー。加瀬があきれたふうな真顔をした。

「いや、でも加瀬……ほんとか？」

「一〇〇パー！」

そのとき、自分の奥底にある蓋にヒビが入った感触がした。

レンズに向けられた陽ちゃんの目。じっとひたむきに開いていて、光が強い。そうだと認識してしまうと、投げかけてくるようなせつなさが見えてくる。

思い当たる瞬間が、たくさんの写真とともによみがえってきた。

「お前さ、ぶっちゃけこの子のことどう思ってんだ？」

その質問に、はっと我に返る。

「付き合いたいか？」

胸の奥に重力がかかり、蓋の亀裂が細かくなる。と――

「オレはやめとくことを勧める」

じっと、ぼくの目を見据えていた。

「外に出れない、重い病気なんだろ？　生半可な気持ちじゃ無理だろ。覚悟がいる」

加瀬の言葉は、ぼくの心の一部分を的確になぞった。それは、蓋の輪郭の一部だった。

「特にお前みたいな性格だとな。うまく捌(さば)けないんなら、撮るのもやめた方がいい」

「！　でも――」

「コンクールもさ、そこまでして出さなくていいだろ」

当然のように言う。

「だってお前、もう賞獲らなくても食っていけるじゃん」

こいつの鋭さはいともたやすく的確に、ぼくのやわらかいところを突いてくる。

そう。プロのカメラマンとしてもう、やれている。評価され、自信もついて、仕事も安定し、お金も入ってくるようになった。その状況の変化は、ぼくの心に想像以上の影響を与えつつあった。

コンクールで賞を今すぐ、絶対に獲りたい、獲らなければいけない――という渇望が薄れている。

作家としての活動は、業界にいればどこかのタイミングでやれるんじゃないか。今からコンクールを、しかも新人向けの賞をどうしても獲りにいくのか……そんな揺らぎが、生まれつつあった。

「バイトの子のことは、どう思ってるんだ？」

「…………」

好きだ。

と思う。

前ほどの勢いはないけど、会ったりメッセージをやりとりしているとすごく楽しいし、そのはずだ。

ぼくの表情を見て、加瀬は微かに苦いものを口に入れたような反応をして、それからあえてというふうに軽い顔を作った。

「なら、そことくっついとけよ」

そのとき、ぼくは気づいていた。

なつきちゃんのことにふれられたときの心の場所が、ひび割れた蓋の輪郭だということに。

6

玄関で加瀬を見送っていたとき、座卓でスマホが震えた。

「じゃ」

加瀬が気を回して早々と出ていく。

「悪い、じゃ」

あわただしく別れ、スマホを取りに行く。江藤さんからの着信だった。

陽ちゃんのことで何かわかったのかもしれない——そんな期待を込めて出る。

「あ、どうも」

『陽様がいなくなりました』

言葉をきちんと理解するのに、数秒かかった。

『家のどこを捜してもいらっしゃいません。靴と、財布もなくなっていました』

「…………」

心臓が肋骨の内側で急激に膨らむ。事の重大さのあまりぼくは、

「それって……外に出た……ってことですか」

ほとんどわかりきったことを確かめた。

『そうです』

いつにない早い口調が、彼の動揺を伝えてくる。

ぼくの脳裏に、発作を起こした彼女の姿がよみがえる。

外に出ると、あれが起こって収まらないってことなんじゃないか——。

思った刹那、体の芯が冷えた。

『そちらにはいらっしゃいませんか』

「いえ」

彼女はぼくの住所を知らない。そのことに気づく余裕は互いになかった。

『お心当たりは？』

こっちが聞きたい。

「あの、警察には——」

『これから会うところです。では何かわかりましたらご連絡ください、失礼します』

「あっ」

切れた。

スマホから耳を離し、ぼくはトークアプリに切り替えた。

陽ちゃんのアカウント。

電話を、かけた。

一五回コールしたけど、つながらない。

トーク画面に打ち込む。

『今どこにいるの？』

既読はつかない。

アパートを飛び出した。


「すいません、この子、来ませんでしたか？」

店員に陽ちゃんの写真を見せる。

がらんとした閉店間際のケーキショップ。いつか陽ちゃんにケーキのサプライズをした店だ。

家のまわりは江藤さんなり警察なりが捜しているだろう。ぼくなりに考えた精一杯のつながりだった。

店員が一人一人写真を見ては首を傾げたり横に振る。それをそわそわ見守りながら、視界の端でイートインスペースを捉えた。

——あのときは。

「ありがとうございました！」

空振りだった店を出る。歩道を駆ける。

——あのときは、純粋にこう思っただけだった。

病気で外に出られない女の子を喜ばせたい。

それがうまくいって、いいことしたなって気になれた。

ぼくにとって陽ちゃんは、そういう存在だった。

存在だった、と過去形で思っている自分に気づく。

足の筋肉が疲れはて、走ってもほとんど前に進まなくなってきた。目白駅が見えてきたところで、止まる。

「……ハッ……ハア、……」

後頭部がきんきんするぐらい息が苦しい。運動不足を痛感していたとき――閃く。

そうだ。

家に行ったって可能性はないか？

いま住んでる所じゃない。

家族のいる、新しい家だ。

陽ちゃんは家族が新しい家に移ったと聞いたとき、自分が負担でなくなったことにほっとしたという。そして、ぼくも陽ちゃんが妹について話すのを聞いたことがある。

「かわいいんですよ」と。嫌っていたり、わだかまりのある表情には見えなかった。

会いに行ったってことはないだろうか？

そうでなくても、何かの連絡が入ってるってことは？

ぼくは江藤さんと話すべくスマホを立ち上げる。すると陽ちゃんとのトーク画面が復帰して、そこにあった小さな変化が目に飛び込んだ。

既読になっていた。

それは陽ちゃんがスマホを見てるっていう――生きてるっていう、証だった。

ほっとした瞬間、画面が動く。

『ごめんなさい』

陽ちゃんからのメッセージが入った。

頭にかっと血が集まった。気が急(せ)く。陽ちゃんのスマホにはすぐ既読がついただろう。お互いがこの瞬間、スマホを見ていることが伝わった。

――。


ぼくは覚悟を決め、通話ボタンを、押した。

積み木が転がるような呼び出し音が鳴る。

一回、二回…………一〇回…………だめかと思ったとき、
音が途切れた。

向こうが、出た。

「陽ちゃん？」

静かなノイズが聞こえる。……屋外(そと)だ。

「今、どこにいるの？」

聞きながら、人のいない場所を探す。

なんで外に、と立て続けに聞こうとして思いとどまる。陽ちゃんの声をじっと、待

った。

やがて。

『……仁さん』

激しい消耗を伝える響きに、戦慄する。

「なに？」

『すごい写真家に……なってくださいね』

遺言の形をした言葉が、ぼくの中のひび割れた蓋を粉々に壊した。

『仁さんならきっとなれます』

小雨がぼつぼつと強まり、頭のてっぺんから汗と混じりながら頰を落ちていく。駅前のざわめきが遠い。

『だって……仁さんの写真はすばらしいもの。私は私のこと好きじゃないけど、仁さんの撮った私は好きになれました。いいなあって感動して……泣きそうになる。きっと誰だってそうなる。……そうなってると思う。だから……ええと……仁さんはすごい写真家です』

「……ありがとう」

すると陽ちゃんが、成しとげたような吐息をついた。

『伝えられてよかった』

思い残すことはないとばかりに。

「…………」

スマホを握る指先の感覚がない。

意味もなく視線をさまよわせながら、瞬間移動ができないかと本気で考える。子供の頃、もしかしたら本当に変身できるかもしれないとわずかな期待を抱きながらヒーローの真似をしたように。

「陽ちゃん」

彼女の息が細い。外が、彼女にとっての極地が、華奢な命を追い詰めている。

「陽ちゃん」

『……好きです』

その一瞬の声が、妙にはっきりとした輪郭で耳を通り抜けてきた。

『仁さんのこと、お慕いしています』

言葉が。

人の口から聞く言葉がこんなにも自分の心を揺るがすことがあるなんて、知らなかった。

その驚きに震えたとき、突然、彼女が泣きだしてしまう。

『ごめんなさい……』

ぼくは茫然と、何も聞くことができない。

『私……なんでっ……言っちゃ駄目だって…………こんなの重い……私、最後の最後で…………っ』

自分自身にうろたえている。嘆き、悔やみ、

『……ごめんなさい……』

失望している。

陽ちゃんが流してるだろう涙と、ぼくの体を濡らしている雨の感触が重なって、よりその感情が染みてきて、焦らされる。

通話の切れる気配がした。

切れたらもう二度とつながらない。永遠に会えなくなる。それが言語になる前のまとまりになって浮かんだ。

「好きだ」

ぼくは叫んだ。

「陽ちゃんのこと、ぼくも好きだ」

蓋の中から噴き出したものは熱く熱く、太陽の色に焼けていた。

「さっきまでわからなかった。見ないようにしてた。きみはお姫様で、大切なモデルで、ふれたらいけないもののような――いいや違う。単にぼくは怖かった。重い病気のきみから一歩退いて、壁を作ってしまってたんだ」

その焼けたものが弾けて、空まで飛んでいく。

そうだ。ぼくは病気を受け止めるのが怖かった。だから踏み込まないように、ずっと目を背けていた。

病気の子にいいことをしているいい人であり続けようとした。

「でも、でもさ。きみがもしかしたら死んでしまうかもって、二度と会えなくなるかもって今思ったとき――……すごく……」

ぐっと胸をつかむ。

「いやだって、思った」

飛んでいった。

「ずっと一緒にいたいって、思った」

空をなぞり、彼女に届いただろうか。

『………ほんとう、ですか………』

震える声。

「ああ」

だから。

「だから……いなくならないでくれよ」

顔を濡らす雨に、ぼくの涙が混じる。陽ちゃんの嗚咽が聞こえる。電話を通じて、二人の涙が混じりあっているような気がした。それが夜の雲からあたたかく降り注いでいるような。

そのとき。

『仁さん……』

泣いていた彼女の声がふいに変わる。何か素敵なことに気づいた、上向きの変調。

『私……一体、平気になってます』

「え……？」

『さっきまで痛くて、苦しくて、もう死んでしまいそうだったのに』

それは、奇跡に遭遇した古代の人のような響き。

『今は……なんともありません』

7

陽ちゃんの居場所については、タクシー会社からも連絡が入っていたという。

彼女は家の近くでタクシーに乗り、かなり遠い場所へ行こうとしていた。

運転手がそのときの様子を不審に思って会社に連絡をした。いわく、ずっと目を閉じたまま何かに怯えるように震えていた。具合が悪いのかと声をかけても「大丈夫です」の一点張り。そのまま何時間も走った結果、いきなり「ここでいいです！」と何もない場所で転げるように降りていった——。

ぼくは今、レンタカーでそこに向かっている。

都心から高速を飛ばし、山道のぐねぐねとしたつづら折りのカーブを上っている。

かつて一度、この道を通ったことがある。

あのときはバスで、昼で、高い交通費を出した慣れない遠出にどきどきしていた。

でも今は、自分で運転するレンタカーで、夜で、雨で発生した濃霧のせいで五メートル先もまともに見えずびくびくしている。

目視よりもナビの道路標示を頼りにしてハンドルを切っている。正直、心が折れそうなぐらい怖い。でも。

「陽ちゃん」

ホルダーに立てかけたスマホに向かって話しかける。

『はい』

運転しながら、ずっとつないでいた。こうしていると、彼女の症状は治まっているのだという。

「もうすぐ着くよ」

『……はい』

ナビには、彼女の位置がＧＰＳで表示されている。

そこに、ぼくの車を示す青い丸印がじわりじわりと近づいていく。誰もいない濃霧の道を走りながら、まるで星に向かう宇宙飛行士のような気分だった。

「星が見たかったの？」

『はい』

彼女は認める。

『最後に、仁さんとお話ししたあの場所を見たかったんです。そして、そこでこっそり死のうって』

「どうして」

『仁さんと……』

言いかけ、とっさに言葉を選び直すような間を置く。

『……こんな病気じゃ、やっぱりこの先いいことないなぁって』

「さっきも言ったけどさ」

そっとアクセルを踏みながら言う。

「ぼくは陽ちゃんのこと、好きだよ」

『嬉しいです』

彼女はすっかり落ち着いた声で返してくる。

『でも、やっぱりだめだと思います』

「なんで」

『こんな病気ですから』

「でも今はなんともない」

『一時的なものだと思います』

「そうじゃないかもしれない」

『だったら素敵です』

　でも……。

『一万歩譲ってそうだとしても、私はめんどくさい人間です。しかも、こっそり死ぬって言っておきながら、仁さんから連絡が届いたとき、最後にお話がしたくて返事をしてしまいました。私は甘ちゃんです。覚悟が足りません』

　ぼくはちょっと吹き出した。

『どうして笑うんですか』

「覚悟が足りないとか、女の子で珍しいなって」

『そうでしょうか』

　ナビの印が、彼女の位置に近くなる。

『あっ』

　弾んだ声。

『光が……こっちに。あれでしょうか』

そこには隠しきれない安堵と嬉しさがにじんでいたから、ぼくもつい嬉しくなった。

山道を登りきった、トンネルの手前。道路わきの狭い芝生のような場所に……

陽ちゃんが、いた。

車から降りて、目を合わせて、何も言わずに歩み寄っていく。水蒸気と湿った緑の匂い。

フォグランプに照らされながら、一メートルも離れずに、向き合う。

久しぶりに会った彼女は、服も髪もこれまでで一番だった。それはきっと、本当に死ぬつもりだったからだろう。メイクだけは泣いたあとで崩れてしまっていたけど。

そんな姿を目に映した瞬間、ぼくの内側でまた熱いものが膨らむ。

陽ちゃんが、ぼくの視線に気づいて崩れた目許を恥じらって隠そうとしたとき――

抱きしめた。

その空を飛ぶいきもののような脆い感触に驚いて、とっさに腕の力を緩め、ふんわりと包むようにする。

「……友達もさ、やめとけって言ったんだよ」

陽ちゃんの首が微かに動く気配。濡れた空気に、彼女の少しくたびれた髪の匂いがかすめる。

「でもさ、今わかった」

ぼくはまた、夜に熱いものを吐く。

「やっぱ好きだって」

なんでなのか、もうわからない。でも。

「そんなのどうでもよくなるってことなんだって」

ただ、彼女の存在ぜんぶがいとしくて、胸を締めつけて、何よりも優先させたいって思う。

ずっとこわばっていた彼女が、まるでお湯につかったようにじんわりとほぐれて潤っていく。

「……私なんかで」

耳許で、ぽつりと響く。

「本当に……私なんかでいいんですか……」

濡れて震えて、生まれたてのように戸惑っている。

「きっと、たくさんたくさん、迷惑かけます」

腕に力を込め、彼女の体をしっかりつなぐ。

「きみが、いいんだ」

それは、ぼくたち二人の体を合わせた半径にだけ届く魔法みたいだった。

同時に、世界に向かってその魔法がかかったことを響かせたいと、少しだけ思うものだった。


車から降りたとたん、声が出る。

数えきれないほどの星が広がっていた。

戦場ヶ原にほど近い三本松駐車場。標高一四〇〇メートルの有名な撮影スポットには、遮るもののない光の絶景が、ある。

「……すごい」

彼女が車のドアに手をかけたまま立ちつくしている。

「本物って、すごい……」

ぼくは彼女の隣で同じようにしながら、懐かしいそれを見上げている。

修正や切り取りのいらない本物の絶景は、体の奥から揺さぶってくる。それは写真では伝えることができない生の体験の部分だ。

たっぷりとスペースのある駐車場には、ぼくたち以外に誰もいない。こんな星のコンディションがいい日にはあり得ないことで、予報を大きく外した雨上がりがもたらした時間限定の奇跡なんだと思う。

そういうことを話そうとして、陽ちゃんを見る。

月のように静かに、泣いていた。

ずっと外に出れずにいた彼女が今こうして山の上にいて、地球が宇宙に浮かんでいるものなんだと感じられる壮大な光景をみつめていること。それがどれだけ心を震わせているのか、ぼくには想像がつかない。

「……変なこと言っていいですか」

彼女が口にする。

「私、いま、死にたい」

こわばるぼくに、だって……と続ける。

「仁さんに好きって言ってもらえて、一緒にこんな素敵なものが見れて、しあわせで……しあわせすぎて、私の人生でもうこれ以上の瞬間なんてないだろうから、今」

とっさに手を取る。

ひんやりとした彼女の手の甲が、ぼくの指先にふれた。

「……仁さんの手って、熱いですね」

「言われる。パンをこねるのにいいって」

陽ちゃんが小さく笑う。

「死んだらこれは感じられないんですね」

つながった手を見て、まぶたを閉じる。

「それはいやだなあ」

「これからも、きっとあるよ」

ぼくは冷えた手を温めながら、せつせつと言う。

「しあわせすぎるってこと。だって、ぼくときみが一緒なんだから。二人でそういう時間をさ、大きいのとか小さいのとか、たまに微妙になるときもあるかもしれないけど、でも、作っていけるよ」

星に願い、誓うように。

彼女の手を握りしめ、軽く引いて、向かい合わせになる。

ぼくをみつめる二つの瞳が夜の海に落ちた星のように揺らぎ、瞬いている。

真摯にこわばった表情。と、彼女はそれを自覚したふうに口の端を持ち上げ、あごから頬にかけつるりとした美しい弧を描き。

「はい」

満ちた月のように微笑んだ。

その綺麗な引力に寄せられていく自然さで、ぼくは彼女にキスをした。

ドアを開けるといつもの白い部屋があって、いつものように彼女が微笑んでいた。

「お待たせ」

彼女はもう準備万端というふうに小さなカバンを持って、ぼくの正面に立っている。

「じゃあ行こうか」

「はい」

応えた陽がはたと、首にかけていたペンダントを外す。アクセサリーじゃない。一人暮らしの要介護者や難病患者に給付される、緊急通報用のボタンだ。それをサイドテーブルに置いた。

「お待たせしました」

ぼくたちは部屋を出て、階段を下る。

夜九時。江藤さんも藤井さんももう帰っていて、屋敷はしんとしている。

一階に下りると彼女は軽く目配せして奥のキッチンへ向かう。冷蔵庫を開け、冷やしておいた食材を布のトートバッグに詰めていく。ぼくはその姿を一枚撮る。

合流し、彼女は玄関で靴を履き。

ぼくと一緒に、外へ出た。

ポーチを照らす灯りに、吐いた息の白さがほわりとかすめる。冷気が皮膚を引きつらせた。冬の始まりを感じた。

「大丈夫？」

「はい」

「早く乗ろう」

外に停めておいた愛車に乗り込む。助手席に座った彼女が、ぶるりと震えた。

「陽」

「いえ、これはただ、寒いだけです」

付き合い始めてからも、律儀な口調は変わらない。

「そっか」

ぼくはギアをDに入れ、車を発進させた。


あの戦場ヶ原で星を見た日から。

ぼくと陽が恋人同士になってから、二年が経った。

― After story ―

4. 彼女の家族

1

変わったことといえばまず、陽が外に出られるようになったことだ。

ただそれは「ぼくがそばにいる夜の間だけ」という条件に限られる。他人のいる場所も難しい。

たぶんあの戦場ヶ原での一件が関わっているんだと思う。ちょっと専門的な言い方をするなら条件付けというやつだ。あのとき大丈夫だったという経験が、陽の心に影響した。

そう——「心」。

かかりつけ医の里見さんも同じ見解を出した。

つまり陽の病は完全に心が原因になっているもので、もしそこが解決されれば治るかもしれない——そんな希望が生まれていた。

「仁さん」

陽の呼びかけで我に返る。

「今日はどんなお仕事をされたんですか？」

「ああ……映画の絡み」

「え、なんの映画です？」

「えーとね……」

運転しながら、いつものように今日あった話をする。

窓の外はチェーンの飲食店が立ち並ぶ賑やかなバイパス。でも会話で満ちる車の中は夜の街にふんわり浮かぶ個室のようだ。陽も「お部屋みたいです」と言ったことがある。陽にとってぼくの運転する車は安全な場所のひとつだった。

今のぼくはファッションを中心にした商業カメラマンとしてけっこううまくやれていて、都内で車を維持して、１ＬＤＫの新築マンションを借りれる程度には稼げていた。

というわけで、そんなマンションの駐車場に車を駐めた。


陽がテーブルにトートバッグをどさりと置き、中の野菜や肉のパックを取り出して並べていく。

二年前に引っ越したこの部屋は、前のアパートとは何もかもが違う。

まず新しくて綺麗で、風呂も自動でトイレはウォシュレット。何より広いし、断熱性の差で冬もかなり暖かい。

そして、陽がいる。

「仁さん、お腹空いてますか？」

「かなり」

「じゃあ、ちょっと蒸しちゃいましょう」

キッチンに立った陽が、勝手知ったるというふうに上の収納棚から中華蒸籠(せいろ)を取り出す。

水を入れた鍋を火にかけ、その間に野菜を洗ってざくざく切って蒸籠に詰める。そして沸騰した鍋の上に蒸籠を置く。すっかり手慣れたものだ。

このあいだ蒸籠を買ってからというもの、陽には空前の蒸しブームが訪れた。特に茶碗蒸しをいかにつるつるに作るかということに熱中した。たぶん今日も作るだろう。

一時は肉でも魚でもなんでも蒸していたけど、ウインナーだけは頑(かたく)なに焼いた。

ぼくの仕事が翌日オフだったり開始が遅いとき、だいたい週に一、二度のペースで陽は部屋に来る。

あんまりイメージになかったけど、陽は家事が上手い。というか、上手くなった。最初はぎこちなかったけど、あっというまにプロっぽくなったから聞くと「藤井さんに教えてもらったんです」と、はにかんで答えた。

ぼくのためにがんばってくれたんだって胸が熱くなって、抱きしめたのを覚えている。

エプロンを着けた陽が、冷蔵庫から野菜につけるポン酢や味噌(みそ)を用意している。

そう、陽がいる。

だからこの部屋にはかつてなかったテーブルだったり二人掛けのソファだったり、ちょっとかわいらしい飾り。やわらかで清潔な雰囲気が漂うようになった。

「ああ、やるよ」

陽が蒸籠を下ろそうとしたので、キッチンまで受け取りに行く。

「すいません」

背後を通ろうとしたとき、彼女のうしろすがたが目に留まる。

バレッタで簡単にまとめた髪、なだらかな肩、羽毛のように伝わるやわらかな体温。

ぼくはいつもの癖で、背中から抱きしめる。陽が小さく笑ったのが伝わった。

「今日のごはんは何？」

「とんかつを作ります」

「いいね」

彼女の頭を撫でる。

「だめです」

陽が困ったふうに体をよじる。

「ふにゃってなっちゃいます」

ぼくはもうちょっとくっついていたい気持ちだったけど、

「とんかつ作ります」

陽は案外、意志が堅いのだった。

仕方なくソファに退散し、リュックからカメラを取り出す。そして料理をする陽の姿をカウンター越しに撮り始めた。

変わったことが、もう一つ。

ぼくが今使っているこの５Ｄは、陽がプレゼントしてくれたものだ。

自分で買った５Ｄは、スペアとして奥にしまってある。

隣で、陽が眠っている。

思えば、初めてこの部屋に連れてきたときは大変だった。

きっかけは、引き払ったアパートの写真を見せたことだ。

ずっとこのボロい部屋に住んでたんだよ——そんなノリで見せたとき、陽はこの部屋に行きたかったですと、こっちが驚くぐらい残念がった。そこからの流れで、彼女が言ってきたのだ。

『仁さんのお部屋に行きたいです』

陽の場合それは、彼女が彼氏に言うときのものとはまったく事情が違う。

他人の家に行く。陽にとっては紛争地帯の横断にも似た大きなリスクを伴う行為だった。

でも、車の中は大丈夫だからきっと平気ですと陽は譲らず、決行された。

　マンションに着き、リビングに立ち、陽の体になんの異変も起こらないとわかったときは、ぼくも陽もとても感動して、おおーとかやったーとか、まるでワールドカップ出場が決まった渋谷みたいにはしゃいだ。

「…………」

　午前零時を回ろうとしている寝室に、暖房と加湿器と彼女の規則正しい寝息が循環している。

　こちらを向いた安らかな寝顔。でも、陽は眠るために睡眠導入剤を使っている。繊細すぎる彼女はもともと寝つきが悪く、普段からたまに使っていたのだという。そんなだから、他人（ぼく）と同じベッドで眠るときには欠かせない。

　陽はぼくに最初そのことを隠していて、わかったとき、そうしてまで一緒に寝ることはないと言ったのだけど、彼女はそうしたいのだと頼んできた。ぼくの横で眠りにつきたいのだと。その瞬間がしあわせなのだと。

　がんばりすぎてるんじゃないかと、思うこともある。

　付き合い始めてから陽はリスクを冒してでもぼくの部屋に来ようとし、家事を覚え、とにかくできるだけいい恋人……いや、きっと陽のイメージする「普通の」恋人に近づこうと懸命になっているように見える。

その心配をやんわり伝えても陽はとぼけるし、だからぼくもそれ以上は言えない。

眠っている陽のおでこを、親指で撫でる。ぼくの口許には自然と笑みが浮かぶ。

がんばる陽が愛しくて支えたいという思いが、真冬のストーブのように灯った。

2

「おつかれー！」

ぼくと、加瀬と、花木のグラスが合わさる。

鳥料理屋の奥まった席で、久しぶりの飲み会を開いていた。

「いつぶりだっけ？」

加瀬の振りに、花木とぼくがそれぞれ答える。

「……今年の初めじゃなかった？」

「ほら、二月の終わりだ」

「あーあんときかー。なんか、ぜんぜんそんな感じしないな」

たしかに。

「一年がどんどん加速するって、ほんとだったんだなって思う」

「つっても、お前らまだ二六だろ？　オレなんか来年いよいよ三〇だぞ。ってかもう年末だし！」

うわーやめてー！　加瀬が自分の顔を覆う。

「加瀬、三〇か」

急に時の流れを実感する。学校で最初に会ったときは二一だったんだな。

あの頃とはいろんなことが変わった。三人の立場も、飲む店も、話の内容や感覚も。

今日ぼくが二人にしようとしている話なんか、その最たるものかもしれない。

「そういや今日さ」

加瀬がさっと話を変える。

「咲坂日菜、撮ってきたんだけど、めっちゃかわいかった！」

「誰？」

「なんで知らねーんだよ！」

加瀬が花木に突っ込み、スマホで画像検索をする。

「この子だよ！　見たことあんだろ？」

「ああ」

花木は典型的な、ビジュアルで記憶するタイプだ。

「仁は知ってるよな？」

「この子がブレイクする前に撮ったことある」

「へー」

「初仕事だったんだ」

「マジか」

あれから彼女はまたたくまに人気になり、去年ぐらいからはCMやバラエティでも見かけるようになった。

「じゃあけっこう感慨深いだろ」

「まあな」

「日菜ちゃんもブレイクしたけど、お前もな」

「まあ、こっちはブレイクってほどじゃないけどな」

人気の若手、というポジションではある。でもまだ上が詰まっているというか、もうひとつ弾け切れていない。最近は階段の踊り場にいる感じだ。

陽の写真はまだコンクールに出していない。仕事に追われていることもあるけど、花木に指摘されたことがずっと引っかかっていた。

加瀬もぼくと同じように、良くも悪くも状況が落ち着いている。一つ抜けている花木も、自分が辿り着いていない場所しか見ていない。その感覚も今は理解できるようになった。

それからぼくたちはしばらく料理を食べながら、どうでもいいことを話した。

「こうやって三人で普通に集まれるって、ありがたいよな」

少し酒の回ってきた加瀬がしみじみつぶやく。

「ありがてえよ」

その意味がよくわかる。

誘いにくい相手というのが、そろそろ増えてきていた。

仕事の状況や立場に差が出てしまって話題が合わない。気まずい……という相手が。

特にぼくたちの仕事はそれができやすい。かつてぼくも、二人にとってそうなりつつあった。

だからこうして専門時代の友達がみんなカメラマンとして順調で、気を遣わず集まれるっていうのはぜんぜん普通のことじゃなくて、互いが互いにありがたい存在だった。

「……加瀬、花木」

このタイミングだと決めて、ぼくは切り出す。二人の視線が集まり、言った。

「陽にプロポーズしようと思うんだ」

「えっ！」

加瀬は機敏に驚き、花木は軽く目を瞠る。ぼくは自分の鼻の穴がちょっと膨らんだのを感じた。

加瀬は何か言いたげに一瞬表情を揺らめかせたけど、にっと笑って、

「おめでとう」

「大丈夫なの？」

花木が率直に聞いてくる。

「たぶん、すごく覚悟がいると思うんだけど」

二人は陽の病気のことを知っている。だからそこに伴うだろう困難を察しているのだ。

「前も話したけど、部屋に泊まれたりわりと普通に付き合えてるんだよ。体調もある意味、安定してる」

「親に挨拶は？」

「まだだけど……」

陽の家族とは会ったことも、連絡を取ったこともない。それはずっと頭にあることだった。

「でも、いいきっかけになるかもなって」

「まあ究極、本人同士の問題だよ」

加瀬が言って、ぽんと手を合わせる。

「よし！　じゃあどうやってプロポーズするか考えようぜ？」

「マジか」

「大事だろ、どうやるか。特に女側からは一生もんだ」

かもしれない。

「オレの知り合いなんか、ディナークルーズで海見ながらばっちり決めたのに、カノジョがたまたま船酔いしたからってことで、いまだにぐちぐち言われるからな」

「理不尽だな」

「それ、彼氏悪くないよね」

花木が若干引いている。

「まーそれは極端な例として、デリケートな場ってことだよ。万全期すべし！」

期すべし、とワイングラスを突き出す。

まあ正直言うと、どうするか決めかねていたのでここで相談するのはありだと思った。

「まずシチュエーションだな」

「やっぱサプライズか？」

ぼくの言葉に、加瀬はうーんと目をつぶる。

「こういうのはあんまりひねりすぎない方がいい気がするんだよなー。ある程度予感させるっていうか？」

「なるほど」

プランを詰めていくぼくたちに対し、花木は心底めんどくさそうな顔をしている。

やっぱりまだ付き合うとかそういうことに興味が持てないんだろう。

「とにかく花だ。花が嫌いな女なんかいない」

加瀬の熱い主張を取り入れつつ、どうにか話はまとまった。

「——じゃあ、仁の健闘を祈って！」

加瀬の音頭で、ぼくたちは乾杯した。

「仁」

花木がぼくをみつめ、穏やかに笑う。

「いつか陽さんに会わせてね」

「おう、そうだ。頼むぜ」

加瀬がぼくの肩をつかみ、揺らす。

「ああ」

こいつらに陽を会わせたいと、ぼくも思った。

「仁が結婚かー」

加瀬が天井を仰ぎつつ、感慨深げにつぶやく。

＊　＊　＊

幸村陽は、夢を見ていた。

子供の頃の夢だ。

その日、両親には出かける用事があって、陽と妹の日菜だけが家に残されることになった。

「日菜のことよろしくね」

母が言う。こういう状況はこのときが初めてだったけど、当時の陽は健康で活発で、なんでも人より上手にできる優等生だったから、親たちはまったく心配している様子がない。

そのことを敏感に察しながら、陽はちょっと気が重たかった。

どうしてかというと、妹の日菜は体が弱くて気難しい子だったからだ。

そんな陽の表情を見て取ったのだろうか。

「今日は陽が、お母さんの日ね」

弾みで出たなにげないひと言だっただろう。けれどそれが幼い陽の心に火をつけた。

お母さんの日。

大人である。

かくして、陽のお母さんの日が始まった。

「日菜。今日はお姉ちゃんがお母さんなの」

はりきる姉に対し、妹はいつものようにむすりと拗ねたようなまなざしでみつめるばかり。

「トランプしようか？」

「お菓子食べる？」

「何かお話してあげようか」

陽が言うことぜんぶに、

「いや」

と首を振る。

頑なである。陽が外にばかり行っていてあまり遊んであげていないせいもあるのかもしれない。ほとほと困り果てた陽は、最後に思いつく。

「プラバン作ろっか？」

おととい学校の工作でやったのだ。マジックで絵を描いたプラスチックのシートがオーブントースターで縮むのが、すごく面白かった。

「ぷらばん？」

妹が初めて食いついた。

それから、近くの古い文具屋で材料を買って、二人で作った。

陽は鳥さんを描き、日菜はアイドルを描いた。

もっと簡単なものの方がいいよとアドバイスしても、日菜はアイドルがいいときかなかった。

プラバンをトースターで焼くと、独特の臭いが出る。

「くさい」

「くさいね」

二人でおおげさに鼻をつまんで笑った。

できあがったアイドルのプラバンは、元の絵が細かい上にへたくそなので、きわめて無惨な仕上がりになった。対して陽の鳥さんは、フリマにだって出せそうな出来だ。

「おねえちゃんのやつがいい」

日菜がわがままを言った。

「いいよ」

陽はすんなり譲った。今日はお母さんの日なのだから。

「いいの？」

「いいよ」

交換した鳥さんのプラバンを、日菜がじっとみつめている。

「だいじにしてね」

陽の言葉に、日菜は珍しく素直にうなずいた。

「……おねえちゃんはいいな」

「どうして？」

「たくさんお外で遊べるから」

陽は陽で、実は日菜について羨ましく思っていることはあった。

でもそれは言わず、陽は妹の頭を撫でた。

「日菜も大きくなったら、いっぱいお外出られるよ」

大きな窓から入る夕陽が広いリビングに薄くのびて、今日というやさしかった日の色を表している。

数年後。

鳥さんのプラバンが鋏でずたずたに切り裂かれ、陽の部屋の絨毯に散っていた。

3

夜が硝子を混ぜたように冷たく澄んでいて、雪が降るかもしれないと思った。

濃密な白い息を吐きながら、ぼくは駐車場からマンションの部屋へ向かう。

ドアノブを引くと当たり前のように開いて、細い廊下にはリビングからの明かりがこぼれていて、料理をしたあとの匂いがする。

今日は、陽がいるからだ。

寒さにこわばった肌がほどけていく。

帰ってきたときに好きな人の灯した明かりや温かさがあると、心が満たされる。ほっとする。

「ただいま」

こう言えるのも、一人暮らしのときにはない特別なものだ。

――あれ。

いつもなら陽が、そこのリビングの戸を開けて迎えてくれるのに。

トイレかな、などと思いつつ、リビングに入る。

掃除されたばかりの部屋特有の、くっきりとした清浄さ。肉と野菜を煮込んだ香り。

陽は、ソファに横たわっていた。

脱いだエプロンをわきに置き、目を閉じたまま動かない。

「陽……？」

少し嫌な予感がして、歩み寄る。屈んで、顔をのぞき込む。

表情も息も穏やかで、普段の眠っているときの彼女だった。

軽く驚く。

いつも気を張っているところのある陽が、ソファでうたた寝なんて。しかもこんなに近づいても起きないほど、ぐっすり。

ぼくの部屋に本格的になじんできた証拠かもしれない。そう思うと嬉しかった。

みつめたのもつかの間、リュックをそっと肩から外し、カメラを取り出す。これは撮らねば。

日常そのもののような寝姿をファインダーに収め、シャッターを切ろうとしたとき
——

びくっ、と震えて陽が目覚める。

「陽……？」

反応して、こちらを向く。状況がわかっていないという顔。

体調は、なんともないようだ。

「寝てたよ」

「……え」

陽はまわりを見て、記憶をたぐる素振りをする。そして、自分で驚く。

「寝てたんだ」

そうひとりごとを言った陽は、ちょっと嬉しそうだった。

「急に起きたけど、夢でも見てた？」

聞くと、陽の唇に少し力が入る。そして、

「いえ」

と、耳の後ろに手をやる。

それは困ったり嘘をつくときの癖だったけど、べつに追及するようなことじゃないと思った。

プロポーズは、クリスマスイブと決めている。

家でクリスマスケーキを食べて、プレゼント交換をして、夜のドライブに連れ出して、ヒルズや表参道のイルミネーションの道を車でゆっくり通りながら「結婚しよう」と言う――そういうプランだ。ほどよくわかりやすくて、ロマンチックさもある。

陽がキッチンで料理をよそっている。

いつもどおりの景色なんだけど、そういう計画を胸に抱えているせいで、そわそわとしてしまう。

「今日、すげえ寒くてさ」

テーブルで一緒にご飯を食べながら、会話を始める。

「え、そうなんですか」

部屋から出ない陽は、そういうことに疎い。

「空気の感じから、たぶん雪が降る」

「えっ」

陽の声が、ぱっと華やぐ。

「雪、好きだよな」

「好きです」

「降ってるかな……」

窓辺に行って、カーテンを開ける。

「あ」

声が重なった。

降っていた。

陽がすぐに立ち上がって、こっちに向かってくる。

結晶の大きな雪が、はたはたと住宅街に降っていた。

「すごい」

隣に来た陽が言う。

「積もるでしょうか」

「かもしれない。すぐにやまないんじゃないかな、これ」

「仁さん、どうしていつもわかるんですか。私、ずっと不思議でした」

「親父の影響はあるかもしれない」

「お父さん？」

「漁師なんだ」

「そうだったんですか！」

「実は」

「すごいです」

「すごくはないけど」

反応に困って苦笑すると、陽はふいにまなざしを深くする。

「いつか、お会いしたいです」

遠い夢のようにつぶやく。陽にとって新しい人と出会っていくのは、大きな勇気のいる行為だった。ぼくは、あの写真を撮ったからこそ、あのとき会えたのだ。

陽の細い肩を抱き寄せ、頭を撫でた。陽は気持ちよさそうに目を伏せた。

「仁さん、ベランダに出ませんか」

「大丈夫？」

「はい」

窓を開けると、冬の空気が流れ込んでくる。でも雪が冷たさを吸って、さっきの切りつけてくる寒さはなくなっていた。

雪は音も吸いとり、夜を独特の静けさと匂いで包みこんでいる。

ぼくたちは二階のベランダで身を寄せ合い、それを眺めた。

「一回、冬の花火ってやってみたくてさ」

「ああ、素敵ですね」

「こういう雪の中でやったら、いい感じで幻想的になるかもしれない」

「それ、すごくいいと思います」

陽の声が、とても乗り気だった。

振り向いてみても、やっぱりそんな目をしていた。

「……やろっか？」

「はい」

ぼくたちは車に乗って出かけた。

ドン・キホーテで花火を買い、広い公園の片隅へ。

雪の降りしきる真夜中の公園には、見渡す限りぼくたち以外に誰もいない。

陽に傘を差してもらいながら、花火のビニールを剝いていく。雪の中で花火を出す。もうその時点でギャップというか、普通とぜんぜん違うことをしてるっていうわくわくがあった。

取り出した花火を一本手渡すと、陽の表情からもわくわくがにじみ出ていた。

横に並び、ライターで火をつける。先っぽにある薄い紙が燃えていく。付く、付く、と思うこの瞬間がいいと思う。

でも、燃え尽きても花火は付かない。

「湿気っているんでしょうか？」

ぼくは粘り強く、先っぽを火で炙り続けた。と。

しゅわーっ。

ピンク色の火が噴き出し、勢いよく伸びた。

「わあ……！」

ぼくたちは歓声を上げる。まるでロケットが発射したような騒ぎだ。

噴射するピンクの火のわきで、絹糸に似た火の粉が矢のように飛び出していく。白い煙がもうもうと昇っていき、火薬の尖った臭いが鼻をくすぐった。

テンションが上がって、笑顔になる。陽に振り向く。

同じように笑顔だった。

そのとき、花火がふっと終わってしまう。

「あっというまだな」

「そうですね」

「雪とか感じるの忘れてたな」

「そうだ。もう一回やりましょう」

ぼくは新しいものを取り出そうとして、大筒の花火に目を留める。

「あ、待って。これやってみよう。ぶわーって上がってさ、まわりの雪とかいい感じに見えるんじゃないかな……？」

陽の目が火花のように輝く。

「もうちょっと暗いとこ行こう」

外灯の差していない暗がりへ早足で移る。なんだか学生の頃に戻ったみたいだった。

「楽しい」

陽がつぶやく。

ぼくは砂利に筒を立て、導火線を引っ張り出して火をつける。チリリと紐が燃えていく。期待しながら後ろに下がっていき、陽の隣に。二人で楽しさを共有している。

筒から、シャンパンのような光が噴き出す。

あたりを照らして、地面や、木の葉の裏側や、降る雪を浮かびあがらせた。

それは見たことのない、冬の景色だった。

「わああ」

自然と声が揃う。そして互いにみつめあう。

彼女は世界で一番美しい。

「陽」

ぼくはとても自然な心で、告げた。

「結婚しよう」

花火に照らされた陽の顔は静止したままでいる。と、言葉の意味が遅れて滴ったふうに驚きの波紋を広げた。そして泣きだす手前のようなせつないまなざしになる。

火が消えて、あたりに暗がりと静寂が戻った。

「……仁さんはいつもいきなりです」

陽が言う。

「はじめに撮らせてほしいと仰ったときも、私に告白してくださったときも」

たしかにそうだ。

「ごめん」

陽が首を横に振り、小さく鼻をすする。

「本当にいいんですか」

震える声で。

「私は、私といると、仁さんにいろいろと不自由な思いをさせてしまいます」

「今さら」

「でも――」

「でもがんばってる」

ぼくは力を込めて言う。

「陽はいろんなこと、がんばってくれてるじゃないか」

「……でも」

陽の声にしない言葉がわかる。結婚となるとその重みが変わるでしょうと。この先ずっと二人の人生を一つの生活にして歩んでいくのかと。いけるのですかと。

わからない。

でも、恋人として二年過ごして、そしていまこの瞬間、ぼくは本当にこう思うのだ。

「陽がいてくれたら、それでいいんだ」

降る雪よりもはやく、陽の目から涙が落ちる。

「……わだじ」

鼻が詰まって濁る。思いきりすする。

「私……自分の人生でこんなこと……想像できなかった」

傘を持つ手で涙をぬぐう。もう片方の手にハンカチを持っていることを思い出したふうに切り替える。

ぼくはちょっと笑って、目の奥を熱くしながら思い出す。

二年前、戦場ヶ原で彼女に誓ったこと。

「これからもあるって言っただろ」

彼女が目で問う。

「星を見たときに」

「……しあわせなこと」

そう。

「あっただろ」

「………はい」

「これからも」

ぼくは新たに誓う。

「毎日じゃない。年に一回も、たぶんない。でも、これからも、きっとある」

陽は泣き笑いの顔になってうなずく。

抱きしめた。

陽はぼくが雪で濡れないように、傘の角度をけんめいに模索している。

らしいなと思った。

4

お袋に電話する前に、ひとつ呼吸を整えた。

夜の八時。向こうは夜明け前から始まる一日が終わって、寝るまでのつかの間を過ごしている頃だろう。

部屋のソファで前屈みになりながら、お袋の番号をタップ。

一回で出た。

『なに？』

潮風に晒されてきたと思わせるハスキーな声。

「いま大丈夫か？」

『なに？』

お袋は一つのワードが短い。回りくどいのも嫌う。大事な報告だから間を持ちたいところがあったけど、やっぱりそういう感じにはならなかった。

「実はさ、結婚しようと思うんだけど」

さすがに沈黙が生まれたけど、短い。

『誰と？』

「誰とって……こっちで知り合った人」

『何してる人？』

「ええと……」

隣にいる陽をちらりと見て、

「……家事手伝い？」

お袋がまた黙る。電話越しにかすかな動揺が伝わってきた。

お父さん。

お袋が、親父を呼ぶ。

仁が結婚するって。

ほどなく、どすどすと足音が近づいてくる。

『お父さんと代わるから』

電話を渡す無音があって、

『結婚するって？』

親父のでかい声に、思わずスマホを遠ざける。

聞こえたんだろう。隣の陽が微笑ましげにした。

「ああ」

親に報告すると、そうなんだなぁという実感が湧いてくる。

『モデルか？』

一瞬どきりとする。ぼくにとってはそうだからだ。でも、向こうが聞いているのは業界人的な意味だろう。

「違うよ」

『いつ来る？』

夫婦揃って速球だ。

ぼくは陽に顔を向ける。陽はまっすぐ見返しながら、うなずく。

「……来週か再来週の土曜はどう？」

『日曜になんねえか』

日曜は休漁日だ。わかるけど。

「夜に行きたいんだ。次の日が休みの方がいいだろ？」

向こうは納得しきっていない気配。

ぼくはもう一度、呼吸を整える。

「……実は、連れていく人のことで話しときたいことがある」

そして、陽の病気のことを話した。

用意した言葉でうまく伝わったかどうかわからない。親父は、親父にしては長い間きんと固まった沈黙を返してきたけど、最後に「とにかく一度会おう」と言ってくれた。

電話を切る。

「来週の土曜日ですね」

陽が言う。

「ほんとにいいのか?」

これは陽たっての希望だった。ぼくの両親に会いたいと。

婚約者としては当たり前のことだけど、陽の場合は事情が変わる。「合わない人」と過ごすことが、そのまま命のリスクにつながる。

陽自身は人並み以上にやさしさや忍耐、相手とできるだけここちよい時間を過ごそうという協調性がある。でもそんな性格とは無関係に、いや、そんな繊細な性格だからこそストレスは生まれて、発作の引き金になる。だから陽は人と会うことに慎重にならざるを得ない。

最初に陽と会ったとき、江藤さんが警戒していたようにだ。江藤さんも、前任者が何人かいてやっと定着した人らしい。

「大丈夫です」

陽はやわらかな表情をして。

「私、仁さんの大切な人に会いたいんです」

がんばろうとしている。

それはコンプレックスからくる焦りなのかもしれない。でもぼくはその気持ちをむげにできない。

「ちょっと荒いとこあるよ？　最初はともかく、慣れてきたり酒入ったら特に」

「仁さんは、ご両親のことはお嫌いですか？」

「……いや」

「好きですか？」

素直に聞いてくる彼女から目を逸らし、

「……まあ」

「でしたらきっと」

大丈夫ですと陽は繰り返す。

5

神奈川県の真鶴町(まなづるまち)は、小田原と熱海の間にある半島の港町だ。

「基本、海以外はなんもないとこかなぁ」

運転しながら陽に話す。

東名高速から海沿いに一時間ほど下り、真鶴道路という地元の有料道路を走っていた。

「もう真鶴ですか?」

「ああ」

トンネルに入る。

「ここを抜けるとさ、そっちの窓に海がばーっと見えるんだけど……」

抜けた。

「今は夜だから」

いきなり窓にスモークがかかったのかと思うくらい、助手席側に何も見えない。夜の海はひたすらに暗く、空と溶けあった一体の闇になっている。

「ちょっと怖いですね」

陽は楽しそうにつぶやくけど、真昼の海はとてもいい眺めだから、それを見せられないのは残念だった。

「残念です」

思ったことと陽の言葉がちょうどシンクロして驚く。

「海、ずいぶん見てないですから」

その陽の言葉にうかつなことを返せず黙っていると、陽が察したふうに繕い、明るい調子で続ける。

「小さい頃、家族で毎年行ってたんです。あんまり覚えてないけど、楽しかった気がします」

「気がする」

「はい。気がします」

たしかに昔のことって、そのときの気分しか覚えていないことがある。

「ああ、足を怪我しました」

「怪我？」

「落ちてたガラスで切って……」

「うわ、痛いな」

「そうですね。でも、たいしたことなかったです。うん」

いよいよ実家が近くなり、子供の頃からなじんだ景色になる。

そのとき、ふっと感慨を抱く。

小さい頃に親父の車で、学生のときは自転車をこいで、何度も通った道。

そこを、妻にする人を乗せて自分の車で走っている。


港町の夜は早く、まだ九時前なのに深夜のようにひっそりしている。

海辺だけど潮のにおいは意外となくて、ざわざわとした潮騒だけがたまに聞こえる。

「お風呂のにおいがします」

陽がくすりと笑う。海のにおいの代わりに、近くの家で使っているボディーソープの香りが漂っていた。

都会に比べて圧倒的に暗い道で、自販機と電話ボックスが自前の照明で舞台装置みたいにぽつんと浮かんでいる。

軒先に置かれた投網。

家の並ぶ緩い坂を上ると、海抜一〇メートル地点であることを示すプレートと、津波の避難経路だというアスファルトの標識が新しくできていた。

ぼくの実家は、すぐそこにある。

ベランダの出っ張り方や鉄柵がいかにも昭和だなって思える、そんな家だ。

階段の先にあるドアが、白い蛍光灯に浮かびあがっている。

ぼくは少し迷った末に、門のインターホンを押した。四年ぶりの実家の呼び鈴を鳴らすのは当然のような、距離感を出そうとしている背伸びであるような、むずがゆい心地にさせられる。

反応がない。

陽と目を合わせ、門を開けた。

「階段気をつけて」

声をかけて、少し急な石段をのぼっていく。

ドアを回して引く。鍵は開いていた。

見慣れた玄関の狭さ。懐かしいにおい。ぼくはためらいがちに言う。

「……ただいま」

奥でぴしゃしぴしゃと引き戸の開く音がして、ほどなく廊下の角からお袋が出てきた。

四年で特に老けてはいない。よそいきの服と化粧をしていた。

お袋の目がすぐにぼくの隣——陽に向く。

陽がさっと頭を下げた。

「あーいいのいいの」

お袋が、市場で働いているときの笑顔で歩いてくる。

「頭上げてください」

陽がぎこちなく顔を上げ、

「……初めまして」

こんなにガチガチな陽を見るのは初めてかもしれない。

「私、幸村陽と——」

「ここじゃなんだから、上がって」

お袋は素早くスリッパ立てからスリッパを並べようとして、落とした。

こう見えて実は緊張しているんだなと、気づいた。

「大丈夫？」

廊下を歩きながら、陽に体調をたしかめる。

「はい」

胸を押さえながら、

「どきどきします、けど」

「お父さん、仁たち来たよ」

お袋が居間に入って告げる。

ぼくはいよいよだと気を引き締めながら、敷居をまたいだ。

座卓の奥に座る親父は茶髪になっていて、絶望的に似合っていなかった。

「若い子に乗せられたのよ」

お袋が苦笑する。

それ以外は変わっていない。太くて短い眉と、細く鋭い目。小柄だけどがっちりとした体つき。

「もうお父さん」

親父の手元にあった缶ビールをひょいと取り上げ、流し台へ行く。

「気持ちはわかるけど」

親父は改まった祝い事が苦手で、親戚の結婚式でもすぐに飲んで酔っ払う。しらふでいる緊張に耐えられないのだ。

ビールを取り上げられた親父が陽を見て、うおっ、というふうに目を見開く。

「美人だよね」

言いながらお袋が戻ってくる。

「そういうんじゃゃ」

咳払いをした親父の顔が照れた小学生みたいになっていた。息子としては正直あんまり見たくない。

座卓に人数分のお茶が並び、親父とお袋は奥に、ぼくと陽は手前に並んで対面している。

写真の専門学校に行きたいと頼んだときも、こんな雰囲気にはならなかった。

陽という存在によって、よそゆきのむずむずとした流れになっている。彼女が実家の居間にいるという不思議さを今さらながらに感じた。

「幸村陽さん」

ぼくが紹介すると、陽は深くお辞儀する。

うちの両親が恐縮したふうに返す。我が親ながら庶民っぽい。

はっきり言って陽は、この田舎の古い家で白く光るような浮き方をしてしまっていた。

「この子と、結婚したいと思ってる」

言った。

その言葉を受けて、向こうが居住まいを正す。お袋は親父にゆだねた半歩下がる態度になり、親父は碇を下ろしたふうに体の重心を定めた。何度か見てきた、大事な話をするときの両親の姿だった。

「陽さん」

親父の呼びかけに、陽がはっと見る。

「煙草、いいですか」

「あ、はい、どうぞ」

親父は、ぼくが修学旅行の土産で買った灰皿を引き寄せ、昔と違うパッケージの煙草に火をつけ、吸った煙を横に向いて吐き出す。

ゆっくり灰皿に灰を落とし、

「仁とはどういうきっかけで？」

陽はまばたきし、言葉を探すふうにうつむく。

「……仁さんからすでにお聞きかもしれませんが、私は病気で当時、家から一歩も出ずに暮らしていました」

あの日のことを話す。

「外を見ようと窓のカーテンを開けたとき、仁さんがいました。こちらに向かってカメラを構えていて、最初はわからなかったんですけど、あっ撮られたんだ、ってわかって、すごく恥ずかしくて……そしたら撮った写真の許可がほしいということで、私の手元にその写真がやってきました」

うつむいたまま、陽の顔がほころぶ。

「ときめいたんです。自分があんまりにもよく写っていて、胸がどきっとして、嬉しくなって……この写真がほしいって思いました。だからそれをお願いしようと、家にお招きしたんです」

「えっ、そうだったの？」

初耳だ。

「……結局、今まで言えずじまいでした」

「なんで」

「だって恥ずかしくて……次でいいかって思ううちに……」

知らなかった。

それから陽は、ぼくたちのこれまでにあった節目の出来事を語っていく。

人に体験した出来事を伝えるのは意外に難しいと思う。どれだけ面白くて感動したエピソードでも、いざ他人に話してみるといろんな部分が抜け落ちてしまって、自分で「え、たったこれだけ？」となってしまうくらいしぼんだ内容になったりする。

そういう意味で、陽は驚くほどうまかった。

サプライズケーキを持ってきたときのこと、撮影で廊下をくるくる回ったときのこと、戦場ヶ原で星を見たときのこと、花火をしながらのプロポーズ……。

そのとき感じた陽の気持ちも込めて、静かに、けれど豊かに語り終えた。

お袋の目がじわりとなっている。

親父も煙草を吸うのをやめている。

陽が、はっとなる。

「すみません、ずっと話しちゃって……私」

「いえいえ」

お袋が言う。いい話を聞き終えたときの、やさしい緩和が漂った。

「いやー、でも」

親父が背中を後ろに伸ばしながら、

「病気になんてぜんぜん見えないね」

「お父さん」

お袋が小声でたしなめる。

「今は幸い、体調のいい時期が長く続いていますが……」

陽は申し訳なさそうに唇を歪める。

「悪い時期になると、体が怠くて動けなくなります。発作もありますし、外出も、仁さんについてもらって夜の間だけ……これはたぶん、ずっと続いていくと思います」

悲観的な色を広げていく。ぼくはそうは思っていないけれど。

親父とお袋が神妙な顔つきになる。

「じゃあ、子供は……」

「おい」

今度は親父がたしなめた。

「俺は」

ぼくは強い声で割り込む。

「俺はそれでも彼女と、陽と、結婚したい」

久しぶりに出した激しい感情で心臓がばくばく鳴って、顔が熱くなる。

部屋が一瞬、静まりかえる。

「わ、私も」

そこに陽の声が滑り込んだ。

「私はこんな体だから、どうしても無理なら……でもあの、がんばりたいです。がんばらせてください」

さっと頭を下げ、黒髪が揺れた。

ぼくもとっさに、ならう。

畳の目地をみつめながら、親父とお袋の困惑の気配を感じた。

「ええと……」

親父が戸惑ったかすれ声で、

「はい」

隣のお袋が、ぷっと吹き出す。

「はいって」

親父はばつが悪そうに頭を掻き、それから、

「仁のこと、こちらこそ、お願いします」

陽に向かって頭を下げた。

お袋も、ならった。

それはドラマのようにカット割りのきちんとしたものじゃなく、しまりのない流れ

の中で訪れたものだったけど、でもはっきりとした区切りを感じるもので、ぼくはうっかり胸が詰まった。

二人よりも低くなるように、また頭を下げた。

陽も、そうした。

そのあと親父が耐えかねたように酒を持ち出し、お袋も用意していた料理を並べてきて、四人のささやかな酒宴になった。

「陽さん、仁をお願いします」

赤くなった親父が言う。

「こいつは俺の自慢の息子なんです」

うまそうに焼酎を飲みながら。

「ガキの頃から写真撮るのが好きで、カメラマンになりたいって、今はその世界で立派にメシを食ってる。夢を叶えたんです」

情愛のこもった、火照った声で。酔ったときに出るこめかみの筋を浮かべながら。

「自慢の息子なんです」

「はい」

陽は涙ぐんだ声で返す。
お袋は、そ知らぬような顔で妙にせかせか皿を動かしている。
ぼくはじっと、頭を垂れている。

6

「素敵なご両親ですね」

ほろ酔いの陽が、助手席で何度目かのことを言う。

午前二時近く。高速は空いていて、走っていて気持ちいい。

「仁さんが『俺』って言うの、新鮮でした」

陽はいつになくご機嫌だった。

運転のあるぼくの分まで酒に付き合ったこともあるかもしれない。でも陽は魚の美味しさに感動し、親父もお袋も気分をよくして、主にぼくの子供の頃の話で盛り上がって、終始楽しそうにしていた。とても和やかで、いい席だった。

この調子なら、案外簡単にいくんじゃないか。

ぼくの中で楽観的な展望が開けつつあった。

加瀬や花木に会わせたり、少しずつ輪を広げていって、病気を薄めていくことができるかもしれない。

それから。

「仁さんは、お父様に似ていました。でも、お母様の面影もあって、やっぱりお二人の子供なんだなぁって」

それから――陽の家族に会うことだって。

過去に色々あったことはわかっている。

でもやっぱり結婚するのだから、できれば向こうの家族と一度会ってみたい気持ちがあった。

もしかしたら、これがいいきっかけになるんじゃないかっていう希望が。

「なあ陽」

「なんです？」

「次はさ、そっちの家族に会いに行かないか」

陽の変化は静かで、劇的だった。昼が一瞬で夜になってしまったかのような。

張りつめた沈黙。

それは陽がいちばん嫌う類のもので、いつもならすぐ何かしらで埋めようとするけど、今回はそうする気配がまったくない。

手でふれられそうなほどはっきりとした、拒絶の空気だった。

高速の標識が窓を流れる。

「陽」

仕方なく、促す。

「だめか？」

陽はうつむく動作でうなずきを兼ねる。

「なんで」

ぼくは一度、食い下がってみる。

「何があったか詳しくは知らないけどさ、でもほら、ずっと前に妹のこと話してくれたことがあっただろ？　嫌いそうな感じじゃなかったから……だから、できるなら陽も家族に会いたいんじゃないか？」

地雷を踏み抜いた感触がした。

車内に生まれた圧迫感がその正しさを証明したけど、もう、どうにもならない。

「……解放してくださいと言われました」

引き摺（ず）った氷のような声。

ハンドルを握りながら一瞬だけ、見る。窓の外を向いていて、表情がわからない。

「お母さんから。私たちを解放してくださいって」

過ぎていく道路灯の光が、ダッシュボードと陽の背中を飴色に撫でていく。せわしなく影が交差する。

「私の病気がひどくなっていくにつれ、家の中は壊れていきました」

陽が、ぼくの知らない過去を話し始める。

「両親は私が異常だということ、普通の生活が送れないことを認めたくなくて、学校やあちこちで無理を通そうとしました。そうするとぶつかって、傷ついて、両親も私も疲れていって、言い争うようになって……怒鳴ったり、物を壊したりもしました」

「…………」

そんな陽が想像できない。

「あの頃の私は今よりずっと神経質で、抑制がきかなくて、発作も頻繁に起こしていました。小さな爆弾が毎日弾けているような日々でした。そして私は……両親の顔を見るだけで発作を起こすようになってしまいました」

どこか他人事のような響き。

「だから、自分の部屋からも出られなくなりました」

追い越し車線を、型式の旧い外車がすごい速度で駆け抜けていく。

「なんで私なんだろう。こんな病気になってひどい目にあわないといけないんだろう。泣きながら考えていました。きっと親のせいだ。結婚するとき揉めたと聞いた。そのせいで親族とも疎遠になっている。そのせいだ。その罰が私に……」

「それは——」

「わかってます」

陽が遮る。

「そんなことは、わかってます……」

こんなにも刺々しさを露わにする陽は初めてだった。

皮膚を針で突かれるような静寂。このままあと一時間以上こうしているくらいなら
……

「解放してくれって、言われたんだよな？」

話を最後まで聞くべきだと思った。

「どういうことなんだ」

陽は少しして、

「私は閉じ込められていました。家族といたくないのに、この家から出られない。そのストレスがまた発作を起こす。出たいのに出られない、地獄だと」

でも、違ったんです。

「……その日の朝、家の気配がいつもと違いました。あまりに静かで……いきなりドアがノックされて、知らない男の人が、母から預かったという手紙を渡してきました。そこには家族が出ていくことと、お詫びの言葉が書かれていました。『どうか私たちを解放してください』……」

陽が上を向いたのが、見なくてもわかった。

「閉じ込められていたのは私じゃなかった。私が家族を閉じ込めていたんです。思えば、旅行もできなくなっていました。私を置いていけないから。そんなふうに不自由で心安まらない場所に、私が家を、していたんです」

かける言葉が、浮かばない。

そのとき、車内の空気が刃を刺したように歪む。

陽が発作を起こしていた。

「陽！」

関節炎の激痛に全身をこわばらせながら、呼吸を切迫させていく。

ぼくはあわててハザードランプをたき、端に停車。119番に通報した。

救急車を待ちながら、ぼくは確信した。

家族。

陽の病には、家族のことが大きく関わっている。

そこにふれなければ、治すことはできないのだろうと。

7

まるで白い城塞だった。

陽の家族が移り住んだ新居は、高い壁が立ちはだかり、頑丈そうな扉を抜けないと奥にある家が見えない構造になっていた。

江藤さんに頼んで、陽の両親に取り次いでもらった。会って挨拶をしたいというぼくの申し出は、意外なほどすんなりと通った。

使用人の中年女性が扉を開け、ぼくを中に招き入れてくれる。

家の中を案内されながら、ひとつ気づいた。

建物や内装のすべてが、前の家とぜんぜん違うこと。強いてでもそうしようという意思がにじんでいること。

「須和様がいらっしゃいました」

応接室らしきドアの前で女性が告げる。一呼吸置いて、開けた。

ぼくは緊張しながら、陽の両親が待つ部屋に入る。

並んでソファに掛けていた二人が、こちらに向く。

ぱっと見、陽とは似ていない。

「どうぞ、お掛けください」

陽の父親が向かいのソファを指す。

大きい一重の目が印象的で、顔立ちから由緒のある血筋がにじんでいた。

「失礼します」

と言って、腰を下ろす。

二人とも実際の年頃よりも若く見えた。上流の社交場によく出ているんだろうなという磨かれた雰囲気と風格を纏っている。

「初めまして、須和仁といいます」

お辞儀した。

「初めまして」

父親が応え、夫婦揃ってゆったりと会釈する。高級そうな香水の匂いがほのかに届いた。

「江藤さんから、おおよそのところは聞いています」

「はい」

ぼくは二人としっかり目を合わせ、改めて言う。

「陽さんと結婚したいと思っています」

二人の表情は動かない。反応が読めない。

そのとき控えめなノックが響き、お茶が運ばれてきた。

テーブルに置かれている間、沈黙が流れる。使用人が出ていったところで、陽の母親が口を開いた。

「須和さん」

実はさっきから驚いている。知っている人とそっくりだからだ。ぼくだけじゃなく、今や何十万人という人が知っている女性に。

モデルの、咲坂日菜。

よくよく探すと、たしかに陽との遺伝子のつながりもわかるけれど、比較じゃない。

「ひとつ伺ってもいいですか？」

「なんでしょう」

「なぜ、陽と結婚しようと思ったのですか？」

ぼくは質問の意図を目で問う。

「病気のことはご承知でしょう。ともに生きていくには、あまりにも困難な相手です」

最後の響きに、本人も意識していないだろう実感の重みがにじんでいた。

「一昨年から交際していると聞きましたが、その感覚で考えていませんか。きちんと想像できていますか」

記者のように畳みかけてくる。

「できています。そのつもりです」

せいいっぱい跳ね返す。

「これまでも、いろいろありました。それに、ぼくの部屋に来て、その……泊まっていくことも何度もしてきました。だから——」

「陽が、泊まった？」

はっと聞き返してくる。

「あなたの部屋に……外に……出たということですか？」

江藤さん、言ってなかったのか。

「はい」

力強く答えると、二人の間に驚きが広がる。

「夜に、ぼくの車でという条件つきでしたが、出ることができて、いました」

残念ながら、過去形で言わなければいけない。

向こうもニュアンスに気づいた。

「ただ先日……車の中で発作を起こして、それからは無理になっています」

あの日、発作そのものは大事なかったものの、代償は重かった。陽はあの場所（車）にいることができなくなり、今はまた家から出ない生活になっている。

「でも、わかったんです。陽の病気はけっして不治の病なんかじゃない。純粋に心の問題で、そこさえ解決できれば治るんです」

二人の表情が、まるで思いがけない場所から光を受けたような、ふっと開いたものになっていた。

ぼくは感触を得る。二人は陽を嫌っていない。もし治るのならば、そうなってほしいと思っている。

きっと、協力してくれる。

　ぼくは勢いづいて、切り出した。

「陽とあった事を聞かせてもらえませんか？」

　病の原因を突きとめる。

「ずっと見てきて、陽の病気には家族との事が深く関わってるって、少なくともぼくは確信しています。だからそれが何かわかればきっと……」

　ここまで話して、ぼくはやっと――空気が一変していることに気づく。

「……何もないよ」

　父親の声が、怒りの黒さで部屋に垂れる。明るく調和のとれた応接室を染めて、ぼくの心拍数をにわかに上げた。

　一重の目が、はっきりとした敵意を持って見据えてくる。

「須和さん。あなたはひょっとしてこんなことを想像していますか？　私達が陽を虐待したり、あるいは家庭的な問題で彼女をひどく傷つけたのではないか、と」

「――そんなことは」

　自分の心が、ぎくりとなっている。

　そうだ。そういう類の何かじゃないかと、たしかに疑っていた部分がある。

「ないですよ、そんなものは」

彼が怒りながら、鼻白む。

「陽は病気になった。私達はできるだけのことをし、長い時間、耐えた。結果……離れることが最善だと判断し、こうなった」

隣にいる陽の母親が、目を伏せてこわばっている。彼が一瞬、気遣うまなざしを向けた。

そしてまた、ぼくを見据えて突き放すように言った。

「それを断じたければ、断じればいい」

「あのさあ」

応接室を出て玄関に向かおうとしたとき、後ろから声をかけられた。

振り向くと、本当に母親譲りの顔をした有名モデルが立っている。

咲坂日菜。

名字が違うのは芸名だからだろう。壁にもたれ、流行りの形をしたコートに両手を突っ込みぼくを睨みつける姿が、そのまま撮れるくらい様になっている。

目配せされた使用人が、足早に退散していく。

「…………」

久しぶり、と返す状況でないことはすぐにわかった。

彼女の険しいまなざしには、いろんなことが書いてある。ぼくと両親の話を聞いていたこと、そこから来ているぼくへの敵意。

だから黙って出方を窺ったぼくに、彼女は低い声で切り出す。

「あいつと結婚すんのやめて」

ふいを突かれる。

「……なんで？」

聞き返すと、彼女は表情をまったく動かさずに言う。

「あいつが欠片でも幸せになるのが許せないから」

黒い憎悪。目の前にいるのは、ぼくや世間が知る人なつっこい彼女ではない。

「あいつのせいで、あたしたちがどれだけ苦しめられたか……」

肉親だからこその剝き出しの憎しみ、断絶を感じた。積み重なり、どうしようもなく凝り固まってしまったものを。

返したい言葉がある。

でも、響かないだろう。

「ごめん」

だからぼくは断る。

「陽とは結婚する」

彼女が少し驚いたふうに目を見開き、揺らいだ気配をにじませる。でもすぐに。

「無理だよ」

と嘲笑う。

「続かない。あんたもいずれ必ず、あいつの中で×(ばってん)が付く」

ぶつかりあった意思が淀んだ空気になり、ゆっくりと対流しながら沈んでいく。

話は終わった。

そう感じて、立ち去ろうとする。

「――出世したね」

間際に、彼女が声をかけてきた。

「あのときは初仕事っつって、テンパってたのにね」

驚く。

だって二年も前だし、その後の彼女の活躍を思えば、過ぎていく慌ただしい現場の一つ、星の数ほど会ったスタッフの一人でしかなかったはずだ。

「あのとき撮ってもらった写真、お気に入りの一つだから」

ぼくはうっかり嬉しくなってしまう。

「ありがとう」

彼女は小さくあごを動かす。今度こそ、話の終わりだった。

ぼくは一歩を踏み出し……そこで止まる。

カバンを開け、中から一冊のポートフォリオを取り出した。

「一応持ってきたけど、出せる空気じゃなかった」

彼女に差し出す。

中には、これまで撮ってきた陽の写真が入っている。

「何これ」

「できれば、みんなで見てほしいけど……任せるよ」

彼女が不審そうにしつつも、受け取る。

「じゃあ」

ぼくは幸村家を、あとにした。


夜、家のパソコンで仕事のメールを書いていたとき、電話がきた。

陽からだった。

付き合い始めてから時々するようになっていたものの、珍しい部類のことだ。

「陽?」

『仁さん』

いつもよりなお、遠慮がちな声。

『今、大丈夫ですか?』

「うん。どうした?」

陽が躊躇う間を置く。

『今日、私の家族と会ったんですね』

どきりとする。

陽には黙っていたことだった。江藤さんにも口止めしておいたのに、なぜ。

「……ああ」

『どうしてですか』

そこには、はっきりとした非難の響きがあった。


あんたもいずれ必ず、あいつの中で×が付く。


彼女の言葉が、ふいに脳裏に響いた。

もしかして陽に教えたのは彼女では、という直感が浮かぶ。

「……陽の病気を治す手がかりがあるかもって、思ったんだ」

正直に話す。

「ぼくは、陽が病気になった原因は家族と何かがあったからだって思ってたんだ。

——いや、今でも、思ってる」

陽が硬い沈黙をする。

「陽。何か、心当たりはないか?」

その沈黙は長く、なんの気配も伝えてこなかったから、電話ごしに陽がそこにいるのかすら確信が持てなくなっていく。

『……いえ、何も』

「……そうか」

そうなのだろうか。

もっと考えてほしい。最初から諦めていないか。そんなもどかしさが胸の奥で湧く。けど、これ以上は踏み込めない。踏み込むと関係にひびが入る。その境界線がはっきりと感じられたから。

『仁さん』

境界線のこちらと向こうで、たしかめ合う間が流れた。そして――

「……ん?」

『私、がんばりますから』

陽が口の端を上げたのが見えるようだった。

『また仁さんの車に乗って、仁さんの部屋で料理作ります』

「うん……」

『ちゃんと食べてますか？』

「お母さんか」

つっこんで、ちょっと笑い合う。

「でも、陽の茶碗蒸しが食べたいかも」

『任せてください。ぷるぷるに仕上げます』

薄曇りの夜が、更けていく。

8

花木が木村伊兵衛賞を獲った。

写真界の芥川賞だ。すでに世に出た作品から選ばれること、新人作家を対象にしていることも共通している。

「いやー、獲っちまったなぁ」

横で、加瀬が赤ワイン片手につぶやく。

ホテルの宴会場で行われている授賞式。ぼくたちは金屏風の壇上で行われている審査員の講評を聞きながら、小声で話す。

「そのうち獲ると思ってたけど」

ぼくの正直な感想だ。でも他人に「なりそう」と思われて本当にそうなるのは実は難しいのだろうと思う。

加瀬が、ぼくの肩に手を置いて揺さぶってくる。

「あいつを超えるには世界しかねえなあ？」

「なんだよ」

「だって超えたいだろ、お前」

無難にやり過ごすこともできたけど、今そうすると何かが濁る気がしたから、

「……そうだな」

と逃げずに返した。

加瀬がばしんと背中を叩いてきた。

審査員のスピーチが終わり、ぼくたちは周りに合わせて拍手する。

司会が受賞者を紹介すると、隅に座っていた花木が立ち上がり、壇上の中央へ向かう。卒業式の日にも見なかったスーツ姿。

マイクの横に立ち、いかにも慣れていない感じで一礼した。

ぼくはじっと、それを見上げる。


二次会は、会場近くの小さなレストランの貸切で開かれた。

ぼくと加瀬だけじゃなく、花木が仕事でお世話になっているだろうごく親しいスタ

ッフや編集さんなど十数人が、五つのテーブルに分けられた。花木らしくもない、そつのない段取りだ。

「加瀬が手伝ったのか？」

「いや？」

「じゃあ編集さんとか」

「いやあー、違うな」

加瀬がにやりと笑い、声を落とす。

「たぶん、あの子」

目線で示す。花木と同じテーブルに、女性がいた。

たぶん同年代で、雰囲気的に同じ業界の人じゃない。もっと堅実そうな感じだった。

「前の会場にいたっけ？」

「隅っこにいた」

さすが。

乾杯用の飲み物が行き渡り、花木が席を立ってぼくたちに挨拶をする。

「今日はみんな来てくれてありがとう」

リラックスした口調。授賞式はあいつなりに緊張してたんだなと思う。

「ええと、賞についてはさっき話したとおりです。ありがとう。それで、ちょうどタイミングが合ったっていうのがあって、この場を借りて報告します」

なんだろう？

ぼくを含めそういう雰囲気になったとき、あの女性がそっと立ち上がり、花木に寄り添う。

「彼女は僕の高校のときの同級生で、ええと……」

花木は頭の後ろに手を当て、ぼくと加瀬をちらりと見た。

「一昨日、入籍しました」

「えっ」

ぼくと加瀬の声が揃う。

向かいのテーブルにいたノリのいい奴が素早く、

「おめでとう！」

と拍手する。ぼくたちも続く。

小さなレストランに満ちた。

そして二次会の雰囲気は、花木の結婚報告によって、同じお祝いでもより角が丸く親密さが濃いものになった。それははっきりとわかる変化で、なんというか、人の生き物としての群れの本質というか、共同体なんだなというのを感じて、いいなと思った。

花木が妻になった人とテーブルを回りながら挨拶をし、談笑している。スマホによる小さな撮影会があちこちで起きた。ぼくも待っている間、スマホで何枚か撮った。

最後に、ぼくたちのテーブルに来た。

「教えとけよ！」

加瀬が花木をヘッドロックした。

「どうせ今日、会うと思って……」

「お前のそういうところが！」

結婚相手がちょっと困ったふうに微笑んでいる。

気づいた加瀬が花木を解放し、彼女に挨拶した。

「初めまして、こいつの専門時代の同級生の加瀬です」

「初めまして、智子と申します。加瀬さんのことはいつも伺っていました。そちらは須和さん、ですか?」

「あ、はい」

「やっぱり。よろしくお願いいたします」

お辞儀する彼女の振る舞いからは、ぼくたちとは違うまっとうな社会人なのだとい
うことが伝わってきた。

聞くと、智子さんは花木と同じ地元の市役所で働いているのだという。

花木が地元のイベントに招待されたとき案内役として再会し、それから付き合って
いるようないないような曖昧な時期が何年も続いていたらしい。それで智子さんがつ
いに先月、はっきりさせてほしいと言ったところ、「じゃあ結婚しよう」と。

「なんだそりゃ!?」

加瀬が花木の首を絞める。

「やめろよ」

ぼくは引きはがす。

「こんな奴のどこがよかったんですか。才能以外なんもないじゃないですか」

加瀬が智子さんにひどいことを言いだしたとき、花木がぼくに話しかけてくる。

「仁」

「ん？」

「ずっと前にさ、彼女の写真見せてもらったとき『あと一つ何かほしい』って言ったの覚えてるかな」

…………。

「お前こそ、よく覚えてたな」

「もちろん」

あいかわらず、写真に関してだけは隙がない。

「それさ、わかったよ」

「え……」

「聞きたい？」

迷う。聞きたいという思いと、自分でみつけるべきではないかというプライド。

「ああ、聞きたい」

そんなプライドは犬にでも食わせてしまえと、今のぼくは思うようになっている。

花木はすごい奴だから、その言葉には素直に耳を傾けるべきだと。

花木の目に写真と接するときの真摯さが宿り、思うところを小さな声で教えてくれた。

やっぱりこいつはすごい。

たしかにそれが、足りなかったものなんだ。

9

陽の家の前に、タクシーが停まっていた。

ぼくはやや離れた手前で、自分の車のブレーキを踏む。

タクシーは、中から出てくる誰かを待っているらしい。来客だろうか。初めて見る場面だった。

あれがどいてくれないと、ぼくがガレージに入れない。様子を見つつ、どうしようかと考え始めたとき――声が出そうになるくらい驚く。

出てきたのは、咲坂日菜だった。

足早にタクシーに乗り込み、そのまま大通りに向け発進した。

――なんで。

そのとき、ナビにしていたスマホに着信が入り、びくりとなる。江藤さんからだった。

『須和様、申し訳ございません』

もう長い付き合いだ。すぐに察した。

「発作ですか」

『はい、ですので……』

「陽、大丈夫ですか？」

『通常の発作だそうです』

「……わかりました。ありがとうございます」

通話を切る。

ミラーに後続車が映る。一方通行なので、やむなく発進……陽の家を通り過ぎた。

大通りに差しかかったとき、さっきの電話で咲坂日菜について聞かなかったことを今さら後悔した。

陽が発作を起こしたのはきっと、妹が来たことと関係がある。

何があったんだろう。

いやな予感が胸に広がる。

翌日、陽からのショートメッセージが入った。

昨日の詫びと、今夜会えないかという内容。

正直やりたい仕事があったけど、会うことを優先させた。昨日のことが気になっているからだ。

陽が用意していた夕食はいつになく気合いが入っていて、ぼくの好きなものもきっちり押さえていて、何かの記念日だったたかと考えさせられた。でも浮かばなくて、

「……今日、なんかあった？」

「何もないですよ」

陽は茶碗蒸しを掬いながら、くすりと笑う。

「それでずっと考えてたんですね」

いつもと変わらないように見えた。

だから昨日のことにふれるのはとりあえず避けて、陽の手料理を味わった。

一緒に後片付けをする。ぼくが洗いものをして、彼女が食器を拭いていく。

「花木さんの授賞式、いかがでした？」

「いやそれがさ、あいつ結婚したんだって」

「へ？」

「二次会でいきなり嫁さん紹介してさ。『一昨日入籍しました』って」

「えーっ」

「全然知らなかったんだよ。加瀬がなんで言わねーんだよって言ったら『どうせ今日会うから』って」

「花木さんらしい？」

「そう。お、わかってきたね？」

「えへん」

胸を張る。かわいい。

「あいつの結婚相手、見たい？」

「見たい！」

ぼくがお湯を止めると、陽がハンドタオルを差し出してくれた。手を拭いて、スマホを操作する。

「この人」

「わ、おきれいな人」

「市役所で働いててさ、すごくしっかりした人だったよ。高校の同級生だったらしくて」

話しながら他の写真を見せていく。

会場の楽しそうな様子、花木と智子さん、ぼくや変顔をした加瀬が入ったショット、店員さんに撮ってもらって共有した全員の集合写真。

はじめは楽しそうに色々言っていた陽の声がいつのまにか止んでいたことに、ぼくは気づく。

「……そっか」

陽のつぶやき。見ると、微笑んだ横顔がある。けどそれは嬉しさじゃなくて、たとえば試合に負けたときに浮かべるような空しいもの。

「もし私がこのまま仁さんと一緒になっても、こういうことはできないんですね」

「…………」

ぼくはまだ諦めていない。けどもし、

「もしそうでも、いいだろ」

陽は首を横に振る。

「なんで」

ぼくは抗議の響きを込める。なんで今さら。

「そういうのはもう、わかってるじゃん。それでもいいってお互い納得して――」

「でも、結婚だけじゃないです」

陽が振り向いてきた。

「これからの行事、冠婚葬祭ぜんぶです。私のせいで、仁さんまで親戚や友達から孤立してしまうかもしれません。私はよく知っています。それはとても……寂しいことなんです」

陽の家は、陽が病気になる前から親戚づきあいから外されている。親が昔に何か悪いことをしたことが原因らしいと。

「それに、もし子供が生まれたとしたら、どうなりますか？」

「子供……」

「保育園のお迎えにもいけません。遊園地や旅行も。運動会、参観日、そういう全部に私は出られません。仁さんや、子供や、まわりの人を不自由にして、重荷になっていきます」

「陽——」

「そもそもいつ発作を起こすかわかりません。そんな私に育児は無理です。私でなければ。私が妻でなければできるはずのことがたくさん——」

「陽！」

肩をつかんだ。

陽はそれで押されたスポンジのようにじわりと瞳を潤ませる。

「……私に家族を持つ資格はないんです」

凍えた声で口にする。

「私は、一緒にいる人を不幸にします」

「……妹に言われたのか？」

陽が目を見開く。

「昨日、出ていくところを見た」

すると、無言の肯定が返ってきた。

「大丈夫だから」

肩をつかんだ手に力を込める。まなざし同士をしっかりつなぐ。

「覚悟はできてるから」

けれど。

陽は、かなしい瞳をした。

ぼくの向こう側に、そういう未来を見たように。

「今はそうでも……そういう積み重ねが仁さんの心を変えてしまうかもしれません。

私はそれが怖――」

「ならない」

「なるかもしれないじゃないですか」

腹が立った。

頭に血が上るという短絡的なものじゃない。お腹の奥で小さな灯がともったような感覚。ぼくたちのこれまでを、ぼくがかけてきた思いを否定されている気になった。

「……なんで信じてくれないんだよ」

押し殺した怒りで問うと、陽がぽろぽろ涙をこぼす。

いら、とした。

めんどくさいという感情が抑えがたくにじむ。それを陽のまなざしにみつけられた気がした。

肩に置いた手のひらがほんの少し、浮いてしまう。

「……大切だから」

陽もまた押し殺した声で。

「何より大切で、失ったらもう立ち直れないから、考えてしまうんじゃないですか。先にそうなるって思ってた方がまだ、楽だし、私は、私の人生なんて……っ」

ぼくが何か言おうとしたとき、陽がすっと……後ろに離れた。

そのまま脇を通りすぎ、ダイニングから出ていく。階段を上っていく微かな音。部屋に戻ったのだろう。

その場に立ちつくし、ぼくは少し迷った末に、残った洗いものを片付ける。

流す水音が、空間の広さと静けさを際立たせる。陽はいつも、こんな場所で夜を過ごしているのだと改めて思った。

今日は帰ろう。

片付けを終え、玄関に向かう。階段が見えた。

陽の部屋へと続いている。

「…………」

ぼくは、上った。何も言わずに帰ってはいけない場面だと思った。

二階の窓のある廊下を渡り、部屋のドアをノックする。

「陽」

声をかけ、ゆっくりドアを開ける。

ベッドでうつぶせになっていたんだろう、陽は体をねじってこちらを向いていた。

無視されるよりずっとましな状況で、内心ほっとする。部屋に入った。

刹那。

陽の顔に、赤黒い発疹が広がった。

ぼくはこわばり、立ち止まる。

その反応に陽は、え？　という目をして、そして――発作が始まった。

ぼくに、×がついた瞬間だった。

愛の挨拶

1

クリスマスも過ぎた年末の夕方、お袋から電話がかかってきた。

いま忙しくないのかとやたらと気にしてきて、お袋はそれから世間話を始める。

普段、そういう電話をかけてくるタイプじゃない。言葉には出さないけど、結婚の進捗を聞きたいんだなと気がついた。

言わないわけにはいかない。

ぼくは重い心を持ち上げて、告げた。

「あのさ……結婚、もうちょい先になりそうなんだ」

お袋はほんの一拍、黙って、

「病気？」

短い言葉で聞いてくる。

心配をかけないよう、できる限り自然に、軽い調子で、

「まあ。ちょっとだけ具合が悪くなって。一時的なもんだと思うけど」

「そう」

それからお袋の声がいつになく明るいトーンになり――

「まあね、結婚前にはいろいろあるわよ」

いつになく饒舌になった。

「あたしもほんと大変だったんだから。家族が猛反対して」

「……そうだったの？」

「そーよー。漁師の嫁がいかに大変か知り合いに聞いたらしくて、父さんも母さんも兄さんも、みんなでやめとけって」

実際、子供の目から見ても大変だった。

親父と一緒に夜明け前に起き、親父が出ている間にぼくの飯を作り、船が帰ってきたら魚の出荷準備を手伝い、そのまま市場へ行く。そしてまた帰って家事……本当に、よくずっと続けられたと思う。

「それでも結婚したのは親父が……好きだったから？」

「もう若かったから、バカだったのよ。お父さんああ見えて若い頃はイケイケでね、会ったきっかけも海でナンパされたからだし」

「マジで？」

「友達と真鶴来たときにね。もう口説くときなんて、船よ。夕方に出して、魚釣って、その場で捌いてさ。お刺身とかお味噌汁とか作ってくれてね、で、海の水平線に綺麗に夕陽が沈んでくところで『俺と付き合ってくれ』よ。もう。もうダメよ」

「やるな」

「やるでしょ」

あのときのお味噌汁おいしかったなぁ。お袋が懐かしむ温度でつぶやく。

「……なんか、ぜんぜん知らなかった」

「まあ、話す機会もないわよね。――なんの話だっけ？」

照れたように話を変えてくる。

「結婚が反対されたって」

「そうそう」

「実際、大変だったろ？」

「そうねぇ」

「後悔とか、した？」

「しまくりよお」

アハハと笑う。

「最初はね。でもまあ、なんだかんだでね」

その響きには、いいこともあったのよと、そんな言葉が込められているとぼくは感じた。

お袋との電話を切ると、江藤さんからメールが届いていた。

『正秀（まさひで）様が、須和様ともう一度お会いしたいと仰っています。いかがでしょうか？』

正秀というのは、陽（はる）の父親の名前だ。

2

「こちらへ」

正秀さんが前回と同じように向かいのソファを勧めてくる。

両親の表情は静かで、緊張した部屋の空気はあいかわらずだった。一方で、前の険悪な別れ方を引きずった様子もない。

なんで呼ばれたんだろう。警戒しながら座った。

目線が変わってすぐ、正秀さんの座るわきに置かれた物に気づく。

日菜ちゃんに渡した、陽のポートフォリオだった。

ぼくの視線を受け取ったふうに、彼がファイルを取り上げ、テーブルに置く。

「拝見しました」

その表情を慎重に読み取る。さっきまではわからなかったけど、それは前よりもずっと——やわらかなものだった。

「……これは」

陽の母親——千晶さんがぼくに向けて口を開く。

「須和さんが……陽と最初に会ってから、これまでの写真ですよね？」

「はい」

すると、彼女が母親の微笑みを浮かべる。

「陽は本当に、あなたのことが好きなんですね」

テーブルに置かれたファイルをみつめ、ふいに目許の影を濃くする。

「あんなにしあわせそうな顔……見たことありません……」

涙ぐんでいた。

嬉しそうに。遠くの娘を思い、安堵したふうに。

「よかったです……」

隣の夫が同じような目をしながら、妻を支えるようにそっと背中に手をあてがう。

夫婦に通い合う心の温度と湿りけに、ぼくは唇を結んで、ただ見守る。

「……須和さんはどうして」

千晶さんがぼくをみつめてきた。

「どうして陽を選んだのですか？」

どうしてだろう。

短い言葉では言い表せない。

「……笑顔が好きです」

とりあえず、そんな簡単なことしか。

「あごと頬のところがぴんとして、なのにふわっとした、みんなに好かれそうだなって笑顔です。そして……自分が暗い顔になってたとき、すぐに唇を上げて、相手に笑顔を見せようと気遣うところが好きです」

それから。

「悩まなくていいところで悩んで、言わなくていいことを言う。モデルになってもらってすぐのとき、役に立つのは嬉しいけど写った自分がかわいいと思う自分がいやだとか、でもそれがわかる自分はいいとか、でもとか、めんどくさいことで本気で苦しんで、あたふたして……」

ああ、そうか。

『私、めんどくさいですか』

『ほんと、ひどいです』

『うん』


あのときだったのかもしれない。

ほんのちょっとした心の動き。ほんの一瞬のきっかけ。

それでスイッチが押されて、回りだしていく。

「うまく言えないですけど……そういうところだと思います」

すると千晶さんは……複雑そうに表情をこわばらせている。

「昔は、そういう子ではありませんでした」

かなしげに笑う。

「活発で、やんちゃな子でした。家で仮面ライダーの真似をしたり、男子と一緒に駆け回っている子供でした」

ぼくは、え、という声を飲み込む。かなり意外だった。

「そうだった」

正秀さんも懐かしそうにうなずく。

「海に行ったときも、足を切ってな」

「そうそう」

「まだ帰りたくないって走り回って、落ちてたガラスで……」

「すごい血だった」

「ずっと泣いてたな。救護所で包帯巻いてもらって、近くの病院に向かってるときも」

「肩車してあげたんでしょ？」

「ああ……ちょうど灯台が見えて、その真似をして……喜んでた」

「すぐ泣き止んで、はしゃいで……まだ日菜が生まれる前だったわね」

「ああ……」

しみじみとした微笑みを交わす。

寄せては引く波に耳を傾けているような、やさしい間合いが二人を包む。過ぎ去った子供との時代を懐かしんでいる。

どうしてだろう……見ていて泣きそうだ。

親子のつながりとか、感動するやつとか、そういうの、テレビとか映画でもちょっと前までぴんとこなかったのに。いつのまにか、感じ方が変わっている。

「……あの」

ぼくは二人にも聞いてみたいと思った。

「お二人が結婚するきっかけって、なんだったんですか？」

きょとんと見返してくる。

ぼくは頭をかきながら、

「最近、お袋からそういうの聞いて……ああ、親の人生ってぜんぜん知らなかったなって、気づいたんです。どんなふうに生きてきて、なんで出会って、結婚したのかって。それ聞いたとき、なんか……よくて。なんていうんでしょう」

言葉を探す。

「嬉しい、っていうか……自分の根っこがしっかりした感じになりました。親のことも、聞く前より好きになりました。だから……陽にも、聞かせたいんです」

じっとぼくの姿を映している。

陽の父親と母親の二つずつの瞳が、溢れそうなものでぱんぱんになったように張りつめている。

「須和さんは」

千晶さんの声がやわらかく、敬うように。

「陽のことを愛しているんですね」

その日常の空間にめったに響かない言葉が、夕陽に透かされた塵が部屋に降り積むのと同じ速さでしみていく。

ぼくは固まっていた唇を彼女のように持ち上げ、言った。

「はい。愛しています」

＊　＊　＊

『お前に家族を持つ資格なんかねえんだよ！』

幸村陽の頭の中で、妹の怒鳴り声が何日も暴れ回っている。

突然やってきた妹は、最後に会ったときとは比べものにならないほど綺麗に、輝いていて、母にそっくりになっていた。

『あたしらだけじゃ足りないか？　まだ人を巻き込む気かよ！』

美しく手入れされた双眸に、煌々と燃え盛る火を宿している。それは憎しみと軽蔑であると同時に、思春期特有の義憤の熱だった。

『お前といると不幸になんだよ！　他人の人生の足を引っ張んな!!』

――そうだ。

妹の言うとおりだ。

陽は暗い部屋で、白い灰のように横たわっている。

涙も涸れ、悲しみも燃え尽き、ときおり吹く風に熾（おこ）されるように心を揺らめかせている。

かつて家族に対してそうなったように、彼に対して発作を起こしてしまった自分に誰よりも衝撃を受け、幻滅していた。

光を閉ざしたベッドにいて、昼か夜かもはっきりとわからない。体の境界が闇となじんで曖昧になっていく感覚。このまま消えてしまえばいいのに、けっしてそうはなれずに失望する——それは、かつてあった地獄の日々と同じ思考。それがよみがえってしまっていた。

でも、これでいい。

自分はやっぱりこんなものだろう。

彼にはもっとふさわしい相手がいる。

しあわせになれる相手が。未来が——。

そのとき心に風が吹いて、また彼との二年の記憶が微かな火の熱になって揺らぐ。

楽しくて、ときめいて、きらきらしていた。

涸れたと思っていた涙がまだ残っていると体の奥が言う。

けれど、最後に浮かんだ思い出は、発作を起こした自分に向けられた、彼の驚きと悲しみのまなざし。

「――うわあっ」

思わず声を出し、ベッドの上で体を折る。

あの瞬間、彼もきっと愛想を尽かしただろう。

こんな自分に失望し、嫌いになってしまっただろう。

胎児のように縮こまりながら……悲嘆に沈もうとした体と心を硬直させる。

それは、否定の感覚だった。

はたしてそうだろうか。

……………………………いや。

違う気がする。

いや。

絶対に違う。

たしかにそう思えた。彼はけっしてそんな人ではないと。

積み重ねた時が、交わした言葉と一緒に過ごした出来事が、彼の表情や仕草や感触が、自分の中に揺るがないものとしてできあがっていた。

なぜだろう。

それがわかった瞬間、心の奥にある風景が動いた。解けはじめた雪がさらりと滑ったような、些細で大きな動き。

会える。

私は、彼に会っても、また発作を起こしたりなんかしない。

どうしてだろう。

ものすごい答えが。自分が塗り変わってしまう大きな答えが、あと少しのところまで、出ていた。

布団をはねのけた。

なんだかいてもたってもいられなくて、ベッドから降りる。

どうしよう。何をしよう。とりあえずトイレに行こう。そのあと何か食べよう。

そのとき、控えめなノックの音が響いた。

敏感に振り向き、すぐに江藤だと理解する。

「はい」

数日ぶりで喉が引っかかり「なんですか」と言葉を継ぐ。

「お荷物が届いておりましたので、こちらに置かせて頂きます」

彼が遠ざかっていく気配。仁との一件以来、こうして距離をとってもらっている。

少し待ってからドアに近づき、開けた。

廊下にぽつんと、段ボールの小包が置かれていた。

箱の上に、白いメモ用紙が置かれている。

『須和様からです。　江藤』

宅配の伝票を見るとそれはたしかに彼の字で、今は妙に懐かしく感じる住所と、名前と……『写真』という品名が書かれていた。

陽は部屋に戻り、箱を開ける。

薄いポートフォリオと、ＵＳＢメモリと、一枚の便せんが入っていた。


『陽へ。

きみに見てほしいものがあって送りました。

まずはメモリに入っている写真を壁に映してください。

初めて会ったとき、きみがそうしていたみたいに』

陽は書かれていたとおりにノートパソコンを立ち上げ、メモリに入っている画像を開く。

壁いっぱいに、古い写真が広がった。

それは、両親の若い頃の写真だった。

幼い頃や学生時代、初めて見るものが大半だった。

「…………」

驚きながら、箱に残っていたポートフォリオを手に取り、開く。

ページの見開きに、写真と文章（キャプション）が対になって配置されている。

写真は、壁にあるものの一つだ。大学のコンパらしき会場で、父と母が隣の席で写っている。

『二人は大学で会った。

最初にひと目見たときからお互い気になっていたらしい。

席が隣にならないかなって二人ともひそかに思ってて、ほんとにそうなって、運命を感じたんだって』

「…………」


知らなかった。

それ以前に、自分の親にそういう時期があったなんて考えてみたことがなかった。

『親のことって、実は知らないよな。ぼくも最近知ってさ、そうだったんだなって、思った』

彼の文章が寄り添ってくれる。

次のページを開いた。

デートだろう。テーマパークで、二人がキャラクターのヘアバンドを着けて楽しげに写っている。

『二人はすぐに付き合い始めた。すごく順調だった。でも将来を考えるタイミングになって、別れの危機がきたんだ』

胸が苦しくなりながら、ページをめくった。

『お父さんには家が決めた相手がいた。やっぱりいい家って、そういうところがあるんだな。そうじゃなくても、なんとなく「こういう範囲の相手と」っていうのが空気としてあるらしい。

一方、お母さんには以前からの夢があった。記者になりたかったんだ』

衝撃を受けた。

壁を見渡してみると、制服を着た高校時代の母が新聞部らしき活動をしている写真や、大学の図書館で報道写真集を広げている様子などがある。

子供である自分が知らない、母の青春や人生があったのだ。

『二人は話し合った末に、別れた』

どきり、とする。結果はわかっているはずなのに。

『でも、別れてみて、それがどうしてもいやで受け入れられないほど好きだってわかって、二人はいろんなことを覚悟して一緒になったんだ。お父さんはあちこちに頭を下げたり無理を通したことで、親族から距離を置かれることになった。お母さんは、最終的に夢を諦めた。ぜんぶ受け入れて、一緒になることを選んだんだ』

ページをめくる。

『そして生まれたのが、陽。

きみだ』

生まれて間もない自分が若い両親に抱かれていた。

どうしてだろう。

親がどんなふうに結ばれ、どんなふうに自分が生まれ、あそこに抱かれているのか。

短い文章と写真だけの事実が、どうしてこんなにも響き、揺さぶってくるのか。

『陽。きみの両親はとても愛し合って結婚をして、きみは愛されながら生まれたんだ』

涙が、意識もしないうちからとめどなく溢れてくる。塩の混じった水が顔を濡らして、ふっと思い出す。

海へ行った。

小さい頃。まだ帰りたくないと逃げるように砂浜を駆け、ガラスで足の裏を切った。ものすごく血が出て、こわくて、このまま死んじゃうんじゃないかとわんわん泣いた。

でも、お父さんが久しぶりに肩車をしてくれた。

『ほら陽。灯台だぞ』

目線がぐんと高くなって、あそこの灯台よりも高くなって、胸が弾んで「とうだい！」と腕をぴんと上に伸ばしたり、飛行機みたいに広げた。

山みたいに感じたお父さんの肩。

ゆったりと揺れる心地よさと安心感。

一緒に笑いながら、ときどき包帯の具合をたしかめていたお母さんのまなざし。

発作で苦しいとき、いつもそばにいてくれたお母さん。

健康に産んであげられなくてごめんねと、泣きながら抱きしめられた。

壁に映るたくさんの思い出。かつての自分と家族の日々。

どうしてだろう。

どうして忘れてしまっていたのだろう——…。

ほんのわずかな嫌な記憶ばかりをこびりつかせて、それまであったしあわせを、ぜんぶ見えなくしてしまっていた。

睫毛についた雫が、写真の光で小さな虹色になる。

お腹を大きくしている母。あの中にいるのは、妹だ。

そして病弱だった日菜が熱に伏せって、母から剝いたマスカットを食べさせてもらっている写真。

陽は静かに……まぶたを閉じた。

――そうか。

また、ゆるゆると涙が落ちていく。

それは太陽（ひ）にあてられて解けた雪のようなもの。差し込んだ光が自分の中にあったすべての真実を明らかにした。

――そうだったんだ……。

なぜ病気になったのか。

どうしたら治るのか。

長い冬の終わりを、報せた。

陽は電話をかけた。

「仁さん……！」

すぐにこのことを伝えたくて。

「私、この病気、治ります」

彼が驚いている。

「わかったんです。仁さんが送ってくれた写真を見て、わかりました。何が足りなかったのか、何が必要なのか」

伝えたいことが溢れてきて、喉の奥がぐっと詰まったようになる。けんめいに順番を決めて、声に乗せていく。

「私、仁さんとまた会っても絶対に発作を起こさないって、自分の中で思えたんです。なんでだろうって考えて、仁さんと積み重ねてきたものがあるからって——ううん、そうじゃない」

首を振り、溜め込むようにうつむいて目を閉じてから、止めどない心を迸（ほとばし）らせる。

「私が仁さんのことを愛しているからです」

一瞬のような永遠のような、光の速さで送る。

彼に届いたとわかる。

「愛して、信じているからです。だから大丈夫なんです。仁さんにはそれがあって、家族には……。……私は、子供だったから……」

止まってしまいそうになったとき、彼が背中を押すように、うん、と相づちをしてくれる。

「そこにあるものの価値がわからなくて、ただ通り過ぎていました。なのに嫌なことだけずっと覚えていて……」

なんて幼かったんだろう。

「自分から誰かをきちんと愛することをしてこなかった。人を心から信じることをしてこなかった。だから何かしちゃったらもう駄目だって、落ち込んで、びくびくして、それが発作になって、自分から閉ざして……」

なんて醜かったんだろう。

でも、それはもう——過去の自分だ。

『陽』

「はい」

『家族のこと、愛してる？』

「はい」

『そっか』

彼の微笑みが目に浮かぶ。

『陽』

「はい」

それは改まったときに交わす挨拶のような響き。

『愛してる』

陽は光を浴びたような目をして応える。

「私も愛しています」

＊　＊　＊

いつから姉を嫌いになったか、幸村日菜は明確に覚えている。

冬に親族の集まるパーティーへ行くことになったときだ。

そういう場に呼ばれたことはこれまでなくて、日菜は初めて親戚たちと会えることが嬉しくて、前の月からわくわくしていた。

パパとママも夫婦になってから呼ばれるのは初めてだったらしくて、緊張しながらも、ものすごく張り切っていた。

何よりも、久しぶりにパパとママとお出かけできる。

陽（姉）の病気が重くなっていくにつれ、家族での遠出ができなくなっていった。まるでだんだん短くなる紐につながれたように家族が家に縛られていく。日菜は成長していくごとにそれをはっきり認識した。

狭い世界と、そこで澱んでいく空気。

発作が増え、気難しくなっていく姉。疲れて余裕のなくなっていくパパとママ。

溜息、衝突、嘆き。暗くなっていく家。

日菜はその原因が姉にあるとわかってから、姉さえいなければこんなふうではなかったのにという思いを雪のように積もらせていく。

そんな中めぐってきた、親族のパーティー。

パパとママもこの機会は逃せないと、姉をヘルパーに託し、家族三人で出かけた。

ぴかぴかの車が迎えにきて、広々とした後ろの席に三人並んで、パーティーのあるホテルに――楽しいことが待っている輝く場所に向かった。

なのに。

あともうすぐのところで、姉が重い発作を起こして救急車で運ばれたという電話が入ってきた。

パパは苦い毒でも飲んだんじゃないかという顔をして、運転手に病院へ向かうように言う。

車が信号で曲がって、ホテルから遠ざかっていく。輝く場所から、姉のいる場所へ紐でたぐり寄せられていった。

日菜は目の前が真っ暗になり、次の瞬間、赤く爆ぜた。

家に帰ってすぐ、思い出の品を入れていた小箱から、いつか姉が作ってくれたプラバンの鳥をつかみ出す。

鋏(はさみ)で切った。

かつて羨ましかった姉。

病弱で伏せっていた幼い自分の目に、姉は眩しかった。

男子に負けないくらい活発で、成績優秀で、大人たちからいつも褒められていた。姉妹なのに、まるで別世界の人間だった。

そんな姉が、一日面倒を見てくれた日がある。お母さんの日だとか言って、いろいろ遊んでくれた。自分は当時、姉に劣等感を抱いていたし、二人きりで緊張したはずだけど、記憶に残っているのは「一緒にプラバンを作って楽しかった」という思い出。

そのプラバンを、鋏で何度も切る。切りながら、涙がぼろぼろと零れた。どうしてなのかはわからなかった。

それから何年かが経ち、パパとママは姉から離れる決断をした。

やっと、と思った。解放感でいっぱいだった。

新しい家と生活。何にも縛られず、どこでも行ける。なんでもできる。

パパとママは、人を支援する会社を始めた。自分はモデルとしてブレイクし、充実した日々を送っている。

ときどき姉(あいつ)のことが指に刺さった棘(とげ)のように引っかかって舌打ちしつつ、そんなことは忘れて家族三人で平和にしあわせに生きていく……

そのはず、だったのに。

姉の結婚相手が現れて、状況が一変した。

パパとママは、姉のことを忘れていなかった。

結婚相手が撮った写真を見てしあわせそうだと喜び、あれよあれよというまに会うことになった。

なんでも、姉の病気が治ったかもしれないというのだ。

今、向かう車の中にいる。かつての家。縛られていた忌々しい場所が近づいてくる。

苛々していた。

パパとママの気持ちが理解できなかった。

あれだけのことがあったというのに、あっさりとまた姉を受け入れようとする情感を、どうしても共有できない。

ずっと自由だったのに。三人で順調に快適に暮らしてきたはずなのに。今はなんだか急に一人浮いてしまったような居心地の悪さがある。

――もし。

もしこれでまた姉が戻ってきたら。

パパとママと姉が仲よくなったら。

自分はそこに入れず、立ちつくしてしまうだろう。

理不尽さに、血の気が引く。

広々とした後ろの席に、三人で並んでいる。

パパとママは緊張しながらも、ものすごく張り切った顔をしている。ちょうど、あのパーティーのときのように。

日菜はその気持ちに交われない。

ただ、あの日の結末を思い出し、心に重ねている。

姉がいるかつての家に向かうこの車は、また縛られ、澱んだ牢獄にたぐり寄せられているのではないかと。

たとえようもない焦りと、怒りと、怖れを感じた。

3

車から降りた陽の両親が、門の前で迎えたぼくに神妙な顔で会釈してきた。

ぼくはどう対応すべきか一瞬戸惑ってから、

「どうも」

と会釈を返す。

そしてまた会釈が一往復した。お互いに緊張している。

かっちりとよそいきの服装をした陽の家族たちが、この穏やかに晴れた冬の日にとてもよく映えている。静かで澄んだ、ひと足早い元日のような空気が漂った。

それじゃあ、というふうに門をくぐり、家に入った。

正秀さんと千晶さんは玄関に立ちつくし、変わった部分がないかをたしかめるようにゆっくり視線を巡らせる。

その後ろで、日菜ちゃんが硬い表情でうつむいている。それが少し気になった。

ぼくが先導して階段を上っていく。家の持ち主は向こうなのに、妙な逆転だった。

大きな窓から冬の光が差し込み、廊下は清浄に明るい。

「陽」

ドアをノックする。

「いいか？」

静かな屋敷に、はい、という小さな声が明瞭に響いた。

ぼくの背後の空気が張りつめたのが伝わる。

開けますよ、というニュアンスで振り向くと、正秀さんと千晶さんは覚悟を決めたふうにうなずく。日菜ちゃんはあいかわらず無反応。

ノブを回し、ドアを開けた。

いつもの白い部屋の中ほどに、陽が微笑みの準備をして立っている。

ぼくは先に部屋に入り、陽に目で合図を送る。——大丈夫。たしかめて、脇に退いた。

そして陽と、家族が、向き合った。

たぶん今この瞬間、誰も息をしていない。

発作を起こすんじゃないか。

発作を起こされるんじゃないか。

陽と家族の間に、過去の痛ましい記憶とつながる凝縮した時が、秒針を刻むように過ぎた。

そうして。

陽の微笑みが力の抜けたふうに深まり……家族に向かって、うなずく。

両親は、はっと胸を膨らませた。

「……大丈夫なの？」

千晶さんがおずおずと聞く。

母親の問いかけに陽はちょっと言葉を選ぶ仕草をして、

「うん」

ぼくが初めて聞く、あどけない返事をした。

「……仁さんに写真、見せてもらった。パパとママがどんなふうに結婚したか。そしたら……」

鼻をすする。

「昔のこと、思い出した。……いいこと。パパとママはあんなに私のこと思って……

愛して、くれてたのに……」

つらそうに顔をしかめ、

「ごめんね……」

正秀さんと千晶さんが、波に打たれたように立ちつくしている。けれどそのとき、陽が幼い子供みたいな泣き顔になったから。

母親が一歩、踏み出す。

とたん、互いを隔てていた透明な箱が消えたように歩み寄っていく。

千晶さんが腕を広げて抱きしめにいこうとして、でも直前で躊躇って、足が止まりそうになる。

そのとき、陽が抱きついた。

千晶さんが、きゅっと涙目になる。

陽が千晶さんの肩に顔を埋め、何も言わずに小さく震えている。

娘に抱擁されながら、母親は、

「大丈夫なの……？」

心配そうに、もう一度たずねる。

陽は額をこするようにうなずき、ぐしゃぐしゃになった声で——

「……今まで、ごめんね……」

千晶さんは頭を振り、しっかりと娘を抱きしめた。

たったそれだけで、長い間欠けていたものが元に戻っていくのが伝わる。

奇跡を見ているような気持ちだった。人の気持ちには、親と子には……そういうことが起こり得るんだっていう。

ずっと足りなかったものが、ここにあった。

これまでぼくは、陽の写真を撮り続けてきた。陽だけを。ひとりでいる姿だけを焼きつけてきた。

でもそれじゃ駄目だったんだって、こうしてみるとよくわかる。

陽という人を写す作品は、陽ひとりを何千枚、何万枚撮ったとしても、ずっと未完成のままだったんだ。

「パパ」

陽が、そばで遠慮がちに立っていた父親に呼びかけた。

正秀さんは口許を引き締め、顎に一瞬筋を浮かばせる。それからふっと笑みになって、娘の元へ行こうと――

ふざけんな！

電光のように部屋を引き裂く声。
日菜ちゃんが叫び、部屋を飛び出していった。
ぼくは茫然と、彼女が出ていったあとを見ている。
その視界に、人影が横切った。
陽が走って追いかけていく。

＊　＊　＊

幸村陽は、妹を追って階段を駆け下りる。

「日菜！」

呼んでも振り向かず、靴も履かずに玄関から飛び出していった。外にさえ行けば追ってこれないだろうと。

直後に陽は玄関に着き、同じように靴を履かず——出た。

陽の光があふれる、外へ。

ひんやりとした外気が首筋を刺す。足の裏のタイツ越しにアスファルトのざらざらとした突起が肉に食い込んでくる。

夜とは違う、昼の開け放たれた空気感、視界にくっきりと広がる住宅街、たくさんの物と質感が五感、意識に雪崩れ込んでくる。

でも、なんともなかった。

「日菜っ！」

今度は、振り向いた。

そして外に出ている陽の姿に驚き、足を止めそうになる。

陽はそのままそばへ駆け寄る。日菜がまた逃げだそうとしたけれど、手を伸ばし、つかんだ。

日菜が無理やり振りほどこうとし、腕を引っぱられた陽はつんのめり、そのまま前に倒れそうになる。

「……っ」

日菜はとっさに抱きとめ、体の重さを支えようとがんばった末に、ぺたん――とその場に尻餅をついた。

陽は崩れた正座のような姿勢で日菜に抱きついた格好。

門から少し出た住宅街の道で、姉妹がぽつんと、そこだけ非日常であるかのようにへたりこんでいた。

お互いの、走って乱れた息が響く。

陽は呼吸を飲み込み、

「日菜」

耳許で呼びかける。伝えたいことがあった。

「私が病気になったのは……日菜が羨ましかったからなの」

日菜が眉間に戸惑いを浮かべる。

「……何それ」

「日菜は昔、体が弱かったよね」

思い出したのだ。母にマスカットを食べさせてもらっている日菜の写真を見たときに。

「よく熱を出してママに看病してもらってた。パパとママは日菜を病院に連れていって、私はいつもお留守番で……」

言葉にするうち、あちこちで灯りがついたように記憶が浮かぶ。

そう。それで陽の誕生日のお祝いがとても遅くになったことがあった。

急に熱と腹痛を起こした日菜をつれて、パパとママが病院に行った。陽はその間、冷めていく誕生日のご馳走とケーキを前に何時間もぽつんと家で待っていた。そんなことが。

「だから……羨ましかったの」

日菜のまなざしが見開かれる。まったく思っていなかったことを告げられたふうに。

「……あたしが……？」

陽はうなずく。

「学校でインフルエンザをうつされたときね、ママとパパが私を病院に連れていってくれた。日菜がいつもしてもらってたこと。家でも心配して看病してくれた。日菜もしてくれたよね。覚えてないかな。私はそのときすごく嬉しくて……しあわせだったの。でも熱が下がってきたとき、この時間が終わるんだって、ものすごく寂しくなった。だからね、だから、私はそのとき本気で思ったの」

ずっと病気でいたい、って。

告白しながら睫が濡れていく。これは羞恥の涙だ。

なんて馬鹿だったんだろう。

「……そんなこと」

「そうなの。だって心の、心の病気だもん。私が、自分で、そうなりたいって、なったんだよ」

人にはぜんぶ伝えられないけど、自分の中にははっきりとした感触がある。

日菜は茫然と宙に視線を置きながら、こう返してくる。

「逆になったじゃん」

「そうだね……」

病気に飲み込まれ、家族とのつながりを失ってしまった。たくさんのものを。

「……『いいお姉ちゃんになろう』って、思ったのに」

そう。

あれは、日菜が母のお腹にいた頃だ。

「ママから妹ができるって教えてもらったとき、嬉しくて、大きくなっていくお腹を見て、ここに妹がいるんだってなんだか不思議な気持ちになって、絶対いいお姉ちゃんになるって思ったのに……」

日菜の目許が、ふいに湿って濃くなる。

「今からじゃだめかなあ」

陽は鼻声で、雨粒をのせた葉のようにうつむく。

「あのとき誓った、日菜のいいお姉ちゃんになりたい」

せつせつと、請う。

子供の頃の純粋な気持ちがよみがえり、その温度を暖炉のように焚いて、抱きしめる腕から、ふれあう頬から伝えようとする。

「パパやママや、仁さん、迷惑をかけてきた人たちを、私はこれから――」

途中で激しく咳き込む。

日菜が、はっと肩を離し、

「どうしたの？　大丈夫っ？」

すると陽は息を整えてうなずき、日菜にやわらかな笑みを向けた。

「ただの咳。久しぶりに走ったから」

日菜がむずりとした顔になる。反対に、陽は嬉しくてたまらなくなった。

「心配してくれるんだね」

妹を抱きしめる。

「ありがとう。――大丈夫だよ、もう」

妹はうんともすんとも言わず、ただ姉の腕を解こうともせずにいる。

そこへ仁と両親が歩み寄ってきて、やがて輪になった。

エピローグ

その写真展は、大きな賑わいを見せていた。

渋谷の商業施設にあるアートホールのエントランスには入場制限の列ができており、エレベーターが開くたびに出てきた人がぱらぱらとその最後尾につながっていく。

「うわっ」

ちょうどエレベーターから出てきたカップルが、予想していなかったのだろう行列に声を上げる。

「どうする……？」

「いいよ、並ぼうよ」

カップルは最後尾に向かい、その途中に置かれていたパンフレットを手に取った。

『須和仁写真展　愛の挨拶』

「あっ。あれ」

彼女が列の先にある入口を指さす。

そこには一枚のドアがある。まるでどこかの家の中をそのまま持ってきたような造り。

「動画で見た。あの奥がさ、モデルの部屋の再現になってるの」

ドアを開けて部屋に入るという演出の意図があって、一度にたくさん入場できない。それがかえって興味を惹き、アトラクションに並んでいるような感覚になれた。

列整理の係員が、パンフにも書かれていることを説明する。

アプリを入れてから展示されている作品や場所にカメラを向けることで、解説や動画が表示されるという。

「ガイドとかってたいてい別料金だけど、いいね」

そんなことを話しつつ、二〇分ほどでカップルの順番が回ってきた。

二人は休日のデートを楽しもうとリラックスした表情で、入口のドアを開ける。

白い部屋の壁に、たくさんの写真がプロジェクターで映し出されていた。

展示されている作品のダイジェストだ。モデルの女性だけでなく、風景や別の人、昔のものらしき写真も混じっている。

万華鏡を思わせる現代アート調の空間にカップルは、わあ、とはしゃぐ。

「すごいね」

「うん」

ひとしきり眺め、モデルの住んでいた家をモチーフにしたという展示場の順路をたどっていく。

最初に『1．彼女の出会い』と章題の書かれたパネルがあり、展覧会のキービジュアルにもなっている、窓越しのモデルを捉えた一枚が迎えた。

そこから時の流れに沿って、ケーキを食べているところや、車の助手席にいる場面、花火を手に笑った瞬間など、彼女のピンショットの展示が進んでいく。

そして、最後の章で変化が訪れた。

恋人になった撮影者とのツーショットが現れ、
家族との写真が加わり、
友人たちを家に招いて寛いでいる場面と、
親しい人たちに囲まれた結婚式。

まるで足りなかったものが埋められていくように並んでいく。

そして、最後の一枚は。

モデルの女性が生まれた我が子を抱いて、愛おしそうに微笑んでいた。

写真家プロフィール

須和 仁

（すわじん）

神奈川県生まれ。戸根康に師事。難病の女性との出会いから自身が結婚するまでを撮り続けた写真集『愛の挨拶』が大きな反響を呼ぶ。テーマと物語性、展示会における手法が海外でも絶賛され、世界的に権威のあるミュルダール賞を日本人で初めて受賞。現在、活動を続けながら家族と幸福な日々を送る。

この作品は二〇一八年四月小社より刊行されたものです。

この小説はフィクションです。
実在する団体、人物とは一切関係ありません。

ぼくときみの半径にだけ届く魔法

ななつきたかふみ
七月隆文

令和2年4月10日　初版発行

発行人——石原正康
編集人——高部真人
発行所——株式会社幻冬舎
〒151-0051東京都渋谷区千駄ヶ谷4-9-7
電話　03(5411)6222(営業)
　　　03(5411)6211(編集)
振替00120-8-767643
印刷・製本—中央精版印刷株式会社
装丁者——高橋雅之

幻冬舎文庫

ISBN978-4-344-42970-3　C0193　な-47-1

幻冬舎ホームページアドレス　https://www.gentosha.co.jp/
この本に関するご意見・ご感想をメールでお寄せいただく場合は、
comment@gentosha.co.jpまで。